N'ENTENDS AUCUN MAL

LES GARDIENS ALPHA - LIVRE DEUX

KAYLA GABRIEL

N'entends aucun mal
Copyright © 2018 par Kayla Gabriel
ISBN: **978-1-7959-0287-8**

Tous droits réservés. Aucune partie de ce livre ne peut être reproduite ou transmise sous quelque forme que ce soit ou de quelque manière, électrique, digitale ou mécanique. Cela comprend mais n'est pas limité à la photocopie, l'enregistrement, le scannage ou tout type de stockage de données et de système de recherche sans l'accord écrit et expresse de l'auteure.

Publié par Kayla Gabriel
N'entends aucun mal
Design de la couverture copyright 2018 par Jessa James
Crédit pour les Images/Photo : Depositphotos: fxquadro & VolodymyrBur

Note de l'éditeur : Ce livre a été écrit pour un public adulte. Ce livre peut contenir des scènes de sexe explicite. Les activités sexuelles inclues dans ce livre sont strictement des fantaisies destinées à des adultes et toute activité ou risque pris par les personnages fictifs dans cette histoire ne sont ni approuvés ni encouragés par l'auteur ou l'éditeur.

BULLETIN FRANÇAISE

REJOIGNEZ MA LISTE DE CONTACTS POUR ÊTRE DANS LES PREMIERS A CONNAÎTRE LES NOUVELLES SORTIES, OBTENIR DES TARIFS PREFERENTIELS ET DES EXTRAITS

https://kaylagabriel.com/bulletin-francais/

LES PORTES DE GUINÉE

Extrait de *L'Encyclopédie Withiel de Magie*, Volume IV

Les portes de Guinée

Les Portes de Guinée sont l'entrée du lieu de transition spirituelle entre ce monde et le suivant. Enveloppées d'un perpétuel mystère, le seul fait connu de tous au sujet des Portes est qu'elles se trouvent à la Nouvelle-Orléans, en Louisiane, probablement dans l'un des cimetières à la beauté surnaturelle de la ville. Il est dit que celui qui règne sur les Portes de Guinées est le Loa Vaudou Baron Samedi, dont la carte pour accéder aux Portes est immortalisée depuis toujours dans une comptine ancestrale :

> **Sept nuits**
> **Sept lunes**
> **Sept portes**
> **Sept tombes**

L'on dit que pour un adepte véritablement dévoué, la clé pour voyager entre le royaume de la chair et celui de l'esprit consiste à trouver le bon ordre, et le bon moment.

CHAPITRE 1

Cassandra Chase, debout devant le miroir en pied de son somptueux dressing, se tournait d'un côté et de l'autre tandis qu'elle admirait la splendide jupe Rosie Assoulin qui venait tout juste d'arriver pour elle. La jupe était de la teinte de saphir la plus éclatante qu'on pût imaginer et prenait haut la taille de Cassie pour tomber en un rideau lisse jusqu'à ses pieds. Elle l'avait assortie d'un élégant chemisier de satin blanc sans manches, puis avait ramené sa chevelure couleur de flammes en un chignon et avait parachevé sa tenue de pendants d'oreilles en diamant. Un soupçon de rose sur ses hautes pommettes mettait en valeur les traits finement ciselés de son visage en forme de cœur, un peu de mascara soulignait ses cils épais et un rouge à lèvres d'un rouge orangé accentuait sa remarquable bouche aux lèvres pleines.

Cassie se mit à nouveau de profil pour examiner sa silhouette. Elle était grande et plantureuse, avec une poitrine et des hanches plus amples qu'elles n'auraient dû l'être. Cassie aimait plus que tout les vêtements de créateur, aussi achetait-elle les vêtements qui lui plaisaient suite à des coups de cœur et les ajustait-elle à sa scandaleuse silhouette.

Tout le monde avait besoin d'un passe-temps ; c'était doublement vrai pour les femmes qui quittaient rarement les confins de leurs appartements personnels.

Satisfaite de sa toilette, Cassie fit volte-face et retourna dans le séjour de sa suite. La pièce contenait une superbe salle à manger Anthropologie dorée, une splendide bibliothèque West Elm garnie et un salon, ainsi qu'un coin couture et rangement de tissus sur-mesure. Avec la chambre à coucher et la salle de bain décadentes de Cassie et l'immense dressing, ces pièces constituaient l'intégralité de son univers.

Sa sublime cage dorée, construite avec soin, et étouffante.

Cassie prit une tablette et mit un nouvel album qu'elle aimait bien, d'une chanteuse, rousse comme elle, nommée Florence Welch. Elle passa quelques minutes à fredonner la musique et à ranger son coin couture. Étant donné qu'elle vivait dans un espace si restreint, Cassie ne pouvait pas tolérer le moindre désordre. Il était tout simplement impossible d'échapper à quoi que ce fût dans son appartement, aussi veillait-elle à ce qu'il reste aussi impeccables que possible.

Heureusement, ses geôliers lui permettaient d'acheter tout ce qu'elle souhaitait. Si Cassie voyait quelque chose en ligne et se disait que ça pourrait l'amuser, elle n'avait qu'à demander. Tant que cet objet ne risquait pas de l'aider à s'échapper de l'immense demeure dans laquelle elle vivait, retenue captive avec une dizaine ou plus d'autres sorcières utiles, elle pouvait avoir tout ce que son cœur désirait.

Cassie vivait dans la Cage à Oiseaux, comme l'appelaient les résidentes du manoir, depuis quatre ans à présent. Au bout de la première année, elle avait complètement renoncé à toute tentative de fuite. Père Mal la gardait peut-être à portée de main et il exigeait peut-être d'utiliser ses pouvoirs environ une fois par semaine, mais en dehors de cela Cassie avait acquis une certaine liberté. Parfois, Père Mal la sortait même de la Cage à Oiseaux et l'emmenait rencontrer des gens importants dans des clubs Kith chics du Quartier Français.

Cassie sursauta en entendant un léger bruit de coup lui parvenir depuis sa chambre. Elle se mordit la lèvre et fila jusqu'à sa chambre pour écarter sa lourde armoire du mur. Derrière l'armoire, un trou aux bords lisses grand d'environ un mètre carré était percé dans le mur.

Accroupie dans le trou, un regard exalté dans ses stupéfiants yeux bleu marine, se trouvait Alice. La seule amie et confidente de Cassie, prisonnière comme elle de la Cage à Oiseaux. Elles s'étaient données le nom de Moineaux.

« Il faut que tu fasses moins de bruit, » reprocha Cassie à Alice.

Alice haussa un sourcil noir et sortit du tunnel qu'elles avaient creusé entre leurs chambres et tapota les nattes en chevrons qui retenaient ses longs cheveux ondulés couleur aile de corbeau. Alice portait une robe noire, simple mais splendide, avec des boutons de perles sur le devant et un col blanc, sans nul doute tout aussi chère que la tenue de Cassie. Probablement une robe Rag and Bone, si Cassie ne se trompait pas de créateur.

« On ne va pas se faire prendre, » dit Alice en haussant les épaules.

Cassie fit la moue et observa un instant Alice. À vingt-six ans, Cassie n'était que de deux ans l'aînée d'Alice, mais Alice avait parfois la désinvolture exaspérante d'une fille beaucoup plus jeune. Cassie soupçonnait les moments d'immaturité d'Alice d'être le produit d'un soupçon de folie, un endroit où Alice se réfugiait lorsque le monde autour d'elle était trop menaçant ou écrasant.

Ou peut-être n'était-ce qu'une apparence, et qu'Alice cachait celle qu'elle était véritablement à Cassie tout autant qu'aux autres. Au cours des trois mois écoulés depuis qu'Alice avait creusé un petit trou entre leurs chambres et s'était mise à glisser de petits mots à Cassie, Cassie n'avait toujours pas l'impression de comprendre totalement l'autre femme.

« Ça, tu n'en sais rien, Alice, » dit Cassie en s'efforçant de contenir l'impatience dans sa voix.

– Eh bien si, en fait, dit Alice en penchant la tête de côté. C'est ça que je suis venue te dire. J'ai enfin trouver le moyen d'envoyer un signal de détresse. C'est comme envoyer une fusée de détresse, mais avec de l'énergie psychique. »

Alice leva la main et fit mine de tirer un coup de feu en l'air, ce qui piqua la curiosité de Cassie.

« Je croyais que tu ne pouvais pas retirer les protections de la Cage à Oiseaux, dit Cassie.

– Je peux faire tout ce que je veux si je l'ai décidé, Cassandra. » Alice appelait tout le monde par son nom complet. « Si quelqu'un devrait le savoir, c'est bien toi. »

Elle avait parfaitement raison, évidemment. Alice avait creusé la majeure partie du tunnel entre leurs chambres en une seule nuit, sans rien utiliser d'autre qu'une cuillère en métal qu'elle avait chapardée sur l'un des plateaux-repas qu'on leur montait depuis la cuisine. Alice était à la fois déterminée et sans peur, une combinaison saisissante et parfois effrayante.

« Ça n'est pas faux. Tu crois que tu peux vraiment faire en sorte qu'on vienne nous secourir ? demanda Cassie.

— J'en suis suffisamment sûre pour te dire de préparer tes affaires préférées. Si j'envoie un signal de détresse, Père Mal sera obligé de vider la Cage à Oiseaux, de toutes nous déplacer ailleurs. Une fois qu'on sera dehors, on mettra nos sacs de côté et ensuite je ferai diversion. De là... » Alice haussa les sourcils. « On file en douce. »

Cassie réfléchit un instant.

« Où est-ce qu'on irait ? » demanda-t-elle, honteuse d'elle-même. L'idée d'avoir tout à coup autant de liberté lui faisait peur. En dehors d'Alice, Cassie n'avait personne, à moins de compter les parents toxicomanes qu'elle avait fuis à l'âge de seize ans. Sa vie de famille pourrie avait été le premier d'une longue série de facteurs et de malchances, qui s'étaient tous accumulés jusqu'à ce que Cassie se retrouve dans la Cage à Oiseaux.

Au moins tu n'es pas dans l'un des bordels du Marché Gris, se rappelait-elle toujours. *Sans tes pouvoirs, c'est exactement là que tu serais en ce moment.*

« N'importe où, dit Alice en se mordillant pensivement la lèvre inférieure. On peut faire tout ce qu'on veut.

— Et tu vas l'envoyer quand, ce signal ? demanda Cassie.

— Oh... » Alice regarda brièvement Cassie avec de grands yeux. « Il y a dix minutes, à peu près.

— Alice ! dit Cassie en saisissant son amie par ses épaules menues pour la repousser fermement vers le mur. Retourne dans ta chambre. S'ils voient le tunnel, ils vont savoir que c'est toi qui as envoyé la fusée. »

Alice poussa un soupir.

« Cassandra, ma douce. Ils sont probablement déjà au courant. C'est pour ça qu'il faut qu'on s'échappe. »

Tout en décochant un regard mauvais à son amie, Cassie la poussa à l'intérieur du tunnel.

« Je te retrouve sur le côté de la maison, à côté de la fontaine à la sirène, murmura Cassie. Quand ils viendront te dire de faire tes bagages, essaie de ne pas leur montrer que tu t'attendais leur arrivée, d'accord ? »

Alice se retira sans ajouter un mot, et Cassie repoussa l'armoire contre le mur avec un grognement. Pendant quelques longues secondes, elle resta appuyée contre l'armoire avec l'impression d'être paralysée, les yeux rivés sur le mobilier de sa chambre, choisi avec amour. C'était peut-être sa cage dorée, mais elle était également agrémentée de douces et jolies choses que Cassie adorait.

Cassie se redressa, fila jusqu'à son dressing et se mit à décrocher tout ce qu'elle ne pouvait pas supporter de laisser derrière elle. En quelques brèves minutes, la pile atteignit une hauteur vertigineuse, et elle fut contrainte de refaire le tri encore et encore.

Lorsque l'un des gardes cogna enfin à la porte de Cassie, elle avait fait ses choix.

« Entrez ! lança-t-elle en sortant dans le séjour.

— Tu vas aller faire un tour, lui dit un garde maussade en costume noir, tout en fourrant une paire de valises roulantes dans la pièce. Sois prête dans dix minutes. »

Cassie se contenta de hocher la tête, le cœur tonnant dans la poitrine. Le garde claqua la porte derrière lui, et ce son fit frémir Cassie. Elle regarda un instant la pièce autour d'elle, en souhaitant avoir eu au moins quelques souvenirs personnels à emporter. Ses doigts cherchèrent instinctivement son collier, un médaillon d'argent au bout d'une chaîne suffisamment longue pour glisser le pendentif sous tout ce qu'elle portait. C'était la seule chose qu'elle avait gardée de sa famille, le dernier cadeau de sa grand-mère bien-aimée, décédée alors que Cassie avait douze ans.

Elle traîna ses valises jusqu'au dressing et passa quelques minutes à faire ses bagages. Après avoir mis ses vêtements dans ses valises, Cassie fouilla l'étagère la plus basse de son placard et en sortit plusieurs liasses épaisses d'argent liquide, scrupuleusement amassées sur plusieurs années en prétendant échanger les articles qu'elle avait demandés, pour en réalité les vendre.

Après avoir séparé les liasses et les avoir enroulées dans des T-shirts, elle mit un peu d'argent dans chaque sac au cas où elle en perdrait un. Puis elle ramena les valises jusqu'à la porte d'entrée et attendit. Tout en enfilant une longue paire de gants Burberry en cuir de chevreau qui recouvrait tout le bras, Cassie exhala longuement et s'efforça de calmer sa nervosité. Son esprit était plongé dans le chaos, ses mains tremblaient, sa langue était aussi sèche que du sable.

L'idée de s'échapper de la Cage à Oiseaux était vraiment palpitante, et pourtant…

La porte s'ouvrit sans laisser à Cassie le temps d'achever sa pensée.

« Allons-y, » dit le garde en lui faisant signe de franchir la porte.

Cassie inspira profondément, redressa l'échine et franchit la porte de sa chambre sans même un regard en arrière, ne voulant rien laisser paraître de son agitation.

À chaque pas qu'elle faisait, Cassie savait qu'elle s'avançait vers une toute nouvelle vie. Peut-être qu'un nouveau départ serait exactement ce qu'il faudrait pour libérer le cœur de Cassandra Chase de sa cage dorée.

CHAPITRE 2

Gabriel Thorne dégaina sa longue épée, bougeant les lèvres en silence afin de jeter un sort pour améliorer sa vision, tandis qu'il rôdait dans les profondeurs d'une ruelle obscure du célèbre Quartier Français de la Nouvelle-Orléans. À cet instant, il pourchassait un démon Drekros d'une laideur abjecte. La créature d'une pâleur spectrale, à la peau granuleuse, s'avança lentement sur des jambes d'aspect faussement faible, son long cou mince soutenant une tête cruelle essentiellement constituée de dents jaunes aussi tranchantes que des rasoirs. De la salive coulait de sa bouche ouverte sur son corps hideux.

Tandis que Gabriel traquait le Drekros, le démon, lui, traquait deux étudiantes qui titubaient en gloussant le long de la ruelle obscure, essayant sans doute d'atteindre le tramway pour rentrer à l'université de Tulane. Le Drekros s'interrompit et leva sa tête difforme, comme pour humer l'air. Gabriel ne voyait pas de nez sur la face du Drekros, mais ça ne signifiait pas que la créature ne pouvait pas sentir son arrivée.

La créature se tourna vers Gabriel avec un gémissement aigu, faisant gicler dans tous les sens sa bave acide qui brûla tout ce qu'elle toucha.

« Oh, j'ai gâché ton dîner ? » demanda Gabriel avec un large sourire.

La créature poussa un nouveau gémissement et le fixa du regard, visiblement sans comprendre. Peut-être l'accent anglais de Gabriel l'avait-il déstabilisée. Peut-être que cette chose ne parlait pas ou ne comprenait pas la parole. Gabriel n'en savait rien et s'en fichait, il voulait simplement expédier cette chose et continuer sa dernière heure de patrouille.

L'aube illuminerait bientôt la ville, et Gabriel pourrait rentrer au Manoir et se mettre au lit, peut-être après une halte rapide dans l'une des boîtes Kith pour se trouver une compagne paranormale sexy. Il s'intéressait tout particulièrement aux succubes ces temps-ci, tant qu'elles promettaient de bien se tenir.

« Allez, viens, » dit Gabriel en donnant un coup d'épée en direction de la créature.

Il s'élança vers Gabriel en retroussant bruyamment ses babines, ses yeux perçants débordants d'intentions meurtrières. Gabriel lança au Drekros un sourire éblouissant tandis qu'il le fendit en deux. Le démon émit un gargouillis en prenant feu, et son corps s'évanouit dans un embrasement éclatant de feu, de souffre et de fumée.

« Bon retour en enfer. Salue ton créateur de ma part, » dit Gabriel, bien que la créature eût disparu depuis longtemps. Gabriel sortit un épais coupon de tissu et essuya la lame de son épée avant de remettre l'arme dans son fourreau. Gabriel jeta le chiffon dans la poubelle la plus proche et repartit en direction de la Cathédrale St Louis.

À quelques pas à peine du terrain consacré de la Cathédrale se trouvait le Café Spitfire, l'endroit où Gabriel aimait le mieux terminer une longue nuit de patrouille. Le café était ouvert jusqu'à une heure indue et faisait le meilleur espresso qu'il ait jamais goûté.

Non que le Londres du dix-neuvième siècle pût vraiment se vanter de ses nombreux espressos. L'époque dont Gabriel était originaire avait tout juste produit et torréfié les graines de café les plus amères qui fussent, et encore moins les riches saveurs fruitées et de noisette que Gabriel préférait dans son café.

Sortir du Spitfire avec un macchiato traditionnel, un double espresso surmonté d'une couche de mousse de lait, était la conclusion idéale à la soirée de Gabriel. Il sirotait sa boisson tout en rentrant à pied au Manoir, en s'efforçant de garder les yeux ouverts. La dernière heure de ténèbres débordait souvent d'agitation, de Kith qui s'en prenaient aux humains ou les uns aux autres.

Tandis qu'il se dirigeait vers le bout du Quartier Français et remontait Frenchmen Street d'un pas nonchalant, l'esprit de Gabriel vagabondait. Il avisa plusieurs clubs Kith, mais aucun ne lui faisait envie ce soir-là. Peut-être que la période de chasteté de trois semaines qu'il s'était imposée lui-même allait se poursuivre, dans ce cas.

Rhys Macaulay avait tout gâché. Gardien comme lui, chargé de protéger la ville, et ce qui se rapprochait le plus d'un ami pour Gabriel, Rhys était tombé en plein sur la partenaire qui lui était destinée à peine un peu plus d'un mois plus tôt. Les ours métamorphes reconnaissaient leurs partenaires dès qu'ils les voyaient et, une fois qu'ils avaient trouvé la partenaire qui leur était destinée et qu'ils étaient casés, les ours n'en prenaient jamais d'autre.

Pour une raison inconnue, le bonheur exultant de Rhys d'avoir trouvé sa belle partenaire blonde rendait Gabriel malheureux. Les dieux savaient que si quelqu'un méritait bien un peu de bonheur dans sa vie, c'était le noble et loyal Rhys. Mais ça n'empêchait pas Gabriel de se hérisser chaque fois qu'il surprenait Rhys et Écho en train de se bécoter comme des adolescents dans un recoin bizarre du Manoir.

Gabriel ne savait sincèrement pas trop s'il s'agissait d'envie, de dégoût, de peur ou d'un mélange des trois, mais ça lui avait coupé l'envie de ramener des coups d'un soir.

« Tout seul avec mon café, » se dit-il tout haut avant d'avaler les dernières gouttes de son breuvage bien-aimé et de laisser tomber le gobelet dans une poubelle.

Son téléphone portable vibra quelque part dans son gilet de combat, et il l'en extirpa avec une grimace sceptique. Quand les portables sonnaient, ça signifiait qu'il y avait un appel de détresse quelque part en ville. Les appels de détresse impliquaient qu'on envoie des Gardiens sur les lieux. En tant que Gardien en patrouille, Gabriel allait probablement devoir faire demi-tour sur place et retourner dans le Quartier. Peut-être s'agissait-il d'une bagarre entre deux loups-garous ou d'un faible Kith menacé par un membre d'une race de démons plus dangereuse.

« Ouais, dit Gabriel.

— Tu ne vas pas croire ce que j'ai pour toi ce soir. » Écho, la nouvelle partenaire de Rhys, avait endossé la charge d'une espèce de régulatrice de la police paranormale et elle apportait toujours une touche de légèreté lorsqu'elle envoyait Gabriel en mission.

« Des loups-garous bourrés, j'imagine, dit Gabriel en s'arrêtant brièvement à l'angle des rues Frenchmen et Dauphine.

— En fait, j'ai entendu dire que ça impliquait des canons, » dit Écho d'un ton amusé. « Un groupe de sorcières prises au piège dans l'un des trous de ver de Père Mal, et qui attendent désespérément des secours. En gros, c'est exactement ton rayon.

— C'est quoi, l'adresse ? » demanda Gabriel. Écho lui donna une adresse à environ six pâtés de maison au nord-est, dans le quartier St. Roch. Gabriel voyait bien l'intersection dans son esprit, un pâté de maison embourgeoisé composé de demeures récentes et anciennes. « Il y a autre chose que je dois savoir ?

— L'une des sorcières a envoyé un énorme signal de détresse et elle a cité Père Mal par son nom. Si j'étais toi, je me dépêcherais avant qu'il ne la fasse taire. Pour de bon, dit Écho.

— J'y vais, dit Gabriel. Envoie les deux autres en renfort, juste au cas où.

— C'est comme si c'était fait, » dit Écho. Elle raccrocha avant Gabriel, et il glissa à nouveau son téléphone dans sa poche avant de prendre au trot la direction de l'adresse qu'elle avait indiquée.

Lorsque Gabriel arriva dans le quartier, il n'eut absolument aucun doute quant à la maison vers laquelle il se dirigeait. Une petite maison délabrée au milieu d'un pâté de maisons par ailleurs silencieux grouillait d'activité, attirant Gabriel comme un aimant. L'indice le plus flagrant était la brigade de types baraqués à l'air anxieux, vêtus de costume noir, une caractéristique très révélatrice que l'on retrouvait dans toutes les opérations de Père Mal. Ce type était peut-être un tueur glacial et un cinglé qui projetait de déchirer le tissu de l'univers dans sa quête personnelle de pouvoir, mais il savait comment habiller son personnel.

Il y avait quatre énormes 4x4 garés dans la rue devant la maison, et quelques-uns des hommes de Père Mal conduisaient de force des jeunes femmes à l'air désorienté et menottées, de la porte d'entrée jusqu'aux voitures. En comptant rapidement, Gabriel se dit qu'il devait déjà y avoir presque une douzaine de sorcière entassées dans les 4x4.

Gabriel dégaina son épée en approchant, son esprit s'empressant de déterminer comment mettre K.O. autant d'hommes de main de Père Mal que possible en une seule fois sans blesser aucune de leurs captives. Gabriel décida d'étourdir autant d'hommes de Père Mal que possible, en se disant que s'il libérait les femmes, elles prendraient la fuite d'elles-mêmes.

La première surprise fut qu'il eut le temps de faire plusieurs pas sur le domaine avant qu'un des méchants ne finisse par le remarquer. Gabriel mesurait presque deux mètres, il était d'une beauté saisissante et il dégageait des vagues de pouvoir magique à cet instant ; le fait que personne n'ait remarqué sa présence témoignait du désordre qui régnait autour de lui. Des dizaines de corps se déplaçaient dans tous les sens, des hommes chargeaient des bagages dans les 4x4, certaines des femmes captives sanglotaient tandis qu'on les traînait dans les voitures qui les attendaient.

« Hé ! » cria une voix.

Gabriel vit l'un des gars de Père Mal pousser une grande blonde élancée par terre avant de sortir une arme à feu. Gabriel sortit un petit flacon de la potion étourdissante de Mère Marie de sa poche et le jeta sur le type, le faisant tomber comme un sac de patates.

Malheureusement, la blonde choisit cet instant pour pousser un cri d'alarme assourdissant, et en quelques secondes Gabriel se retrouva en train de se défendre contre une demi-douzaine d'hommes supplémentaires. Il ne voulait tuer ou blesser grièvement aucun d'eux s'il le pouvait, aussi en terrassa-t-il quelques-uns avec des coups à la tête ou des blessures aux membres. Tuer des démons, c'était une chose, mais il ne tuait ni des Kith ni des humains s'il pouvait s'en dispenser.

En se retournant, Gabriel tomba sur deux hommes qui tenaient par les bras une rousse qui se débattait et la traînaient de force en direction du dernier 4x4. Un autre homme les suivait, en traînant deux grandes valises dans son sillage. La femme leva les yeux, et son doux regard gris accrocha celui de Gabriel. Quelque chose se produisit...

Le monde s'effaça l'espace d'un instant. L'ours intérieur de Gabriel était habituellement réservé sinon silencieux et laissait son côté humain piloter. À présent, cependant, voilà que l'ours en lui s'éveillait, une sensation d'avidité et de possessivité bien distincte qui se réverbérait jusqu'au fond de l'être de Gabriel.

Partenaire. L'idée chanta dans son cœur alors même qu'un grognement de dénégation s'échappait de ses lèvres. Cette femme, cette inconnue, était désormais sa seule priorité. Elle avait les yeux rivés sur lui et le suppliait de l'aider.

Il perdit le contrôle, soudainement et complètement. L'ours en lui enfouit brutalement Gabriel au plus profond de lui-même. L'ours avait besoin de la fille. L'ours ne voulait pas que ces hommes la touchent.

L'ours se ferait obéir.

Un rugissement furieux jaillit de la gorge de Gabriel tandis qu'il lâchait sa baguette et son pistolet et se laissait tomber en avant tandis que son corps ondulait et se métamorphosait. Il se mit brusquement en mouvement à la seconde où sa métamorphose fut terminée et fonça sur la femme et ses gardes.

Le type aux bagages lança un seul regard à Gabriel et prit la fuite, laissant les valises sur place sans un regard en arrière. Les deux autres hommes échangèrent un coup d'œil, l'un d'eux sortant un flingue tandis que l'autre traînait la femme en direction du véhicule qui l'attendait.

Gabriel terrassa facilement le premier d'un seul coup de patte. L'autre homme lança un coup d'œil terrifié par-dessus son épaule et déglutit avant de repousser violemment la femme vers la silhouette de Gabriel.

Gabriel la saisit et tourna son corps pour la protéger du garde et de la voiture. Son cerveau animal avait du mal à déterminer quoi faire ensuite, ce qui donna à Gabriel l'occasion de s'élever et de réfléchir à ses propres actions pendant un instant. Sa première idée fut qu'il fallait qu'il éloigne d'abord la femme du chaos qui les entourait, puis réfléchir à partir de là.

Debout sur ses pattes arrière, Gabriel grogna doucement et conduisit la femme vers la gauche, loin des voitures, vers la maison voisine. Elle lui lança un bref regard, de toute évidence terrifiée, et prit ses jambes à son cou.

« Gabriel ! »

Gabriel entendit au loin le fort accent danois d'Aeric, mais il était toujours gouverné par son ours intérieur, incapable de se détourner de sa partenaire. Il se laissa tomber à quatre pattes et s'élança à sa poursuite, surpris par sa rapidité. En un rien de temps, il parvint à l'acculer contre le perron de la maison voisine.

La rousse se retourna, leva les yeux vers Gabriel et le regarda fixement, les bras serrés autour d'elle. L'ours en lui força Gabriel à s'approcher d'un pas, puis d'un autre. Avant même de s'en rendre compte, il fut presque assez proche pour se coller à elle. Gabriel s'adressa une flopée d'injures, mais tout ça le dépassait à présent.

Il pencha la tête de côté et se pencha en avant, inhalant longuement l'odeur de sa partenaire. Elle sentait la vanille et la cannelle, un mélange séduisant.

« Je vous en prie, murmura la femme, ses yeux argentés grand ouverts dans son visage en forme de cœur. Je vous en prie, ne me faites pas de mal. »

Gabriel reprit de force le contrôle sur son ours intérieur. Tempérant sa colère et reculant d'un petit pas pour lui laisser un peu d'espace, il reprit sa forme humaine.

Il y eut un éclair de reconnaissance dans les yeux de la femme, un instant de stupéfaction et de compréhension, puis ses jolis yeux se roulèrent complètement dans leurs orbites. Elle s'effondra sans un bruit, et Gabriel parvint tout juste à la rattraper avant que son corps charmant ne heurte les marches de ciment du perron.

« Gabriel, nom d'un chien. »

Ces paroles furent prononcées avec un accent écossais caractéristique, que l'anglais connaissait parfaitement bien.

En tournant la tête, Gabriel vit que Rhys et Aeric se tenaient derrière lui, l'épée sortie mais baissée. Les deux autres Gardiens, l'un aux cheveux sombres et l'autre aux cheveux clairs, dominaient de toute leur taille un homme agenouillé par terre entre eux. Gabriel comprit qu'il s'agissait du garde solitaire qui avait eu la malchance de traverser l'incident sans dommage et qu'il serait retenu prisonnier et interrogé au sujet de son employeur. Derrière eux, le jardin était jonché d'une dizaine de gardes inconscients et d'un tas de valises.

« Où sont les 4x4 ? demanda Gabriel, dérouté.

— Partis, » dit Aeric en agitant une main. Ils se sont tirés en voyant un Grizzly se ruer vers eux.

— Ah, dit Gabriel en rajustant la femme dans ses bras.

— Est-ce que c'est elle qui a provoqué la métamorphose ? » demanda Rhys en se penchant par-dessus Gabriel pour jeter un coup d'œil à la femme inconsciente dans ses bras.

Gabriel lança à Rhys un coup d'œil mesuré, puis hocha la tête.

« Donc ça t'est arrivé, à toi aussi, » réfléchit Rhys à voix haute. Il regarda pensivement autour de lui dans le jardin. « Je suppose qu'il vaudrait mieux qu'on se tire d'ici avant l'arrivée des autorités humaines, hein ?

— Certaines des valises sont à... *elle*, dit Gabriel dont le sentiment de gêne croissait de minute en minute. Celles qui sont en plein milieu du jardin, je crois. »

Rhys haussa un sourcil, et ses lèvres tressaillirent d'une manière qui donna à Gabriel des envies de meurtre. « Je suppose qu'il faudrait qu'on fasse le tour avec la voiture et qu'on prenne ce qu'il y a là, au cas où on ne prendrait pas les bonnes. Les partenaires, c'est très spécial, tu sais. Il ne faudrait pas partir du mauvais pied.

— Allez, monte dans cette fichue voiture, dit Gabriel en soulevant la femme dans ses bras. Je n'aime pas être exposé comme ça. Père Mal pourrait renvoyer d'autres hommes à nos trousses.

— Aux siennes, surtout, » grogna Aeric qui s'éloignait déjà.

Gabriel suivit Aeric, pressé de rentrer au Manoir. Il ne savait pas trop ce que l'autre Gardien entendait par là, mais quelque chose lui disait que quand il le découvrirait, ça n'allait pas lui plaire.

CHAPITRE 3

Lorsqu'elle ouvrit lentement les yeux, Cassie s'aperçut qu'elle était allongée sur un canapé de cuir moelleux, les mains posées sur le ventre. Elle était dans une immense pièce brillamment éclairée ; la lumière abondante du soleil signifiait qu'elle était restée inconsciente pendant plus de quelques minutes. Elle plissa les yeux sous l'effet de la migraine qui la martelait juste derrière ses yeux, en s'efforçant de se rappeler ce qui s'était passé au juste.

Tout lui revint d'un coup. Les gardes qui la sortaient de la Cage à Oiseaux. Un ours métamorphe à l'allure farouche avait fait son apparition, bien qu'elle ne sût pas trop d'où il était venu. Elle l'avait fui, s'était tournée vers lui pour l'implorer de l'épargner. Et voilà que, chose incroyable, l'ours s'était changé en *lui*.

L'homme de ses rêves, celui qu'elle avait vu tant de fois dans ses visions… sauf qu'il était bien la dernière personne qu'elle s'était attendue à voir un jour pareil. Et dans ses rêves, il était loin d'être aussi… eh bien, *canon*.

Bien que Cassie elle-même fût très grande pour une femme, elle était minuscule à côté de l'homme de ses rêves. Il était littéralement grand, beau et ténébreux. Son épaisse chevelure chocolat avait des reflets d'or et lui arrivait juste sous le menton. Une barbe d'un jour ornait son visage, accentuant son allure séduisante. Sa mâchoire et ses pommettes formaient de hautes lignes dures, ses sourcils étaient sombres et fournis, et ses yeux de la teinte de bleu nuit la plus profonde que l'on pût imaginer. Il avait la taille et la carrure d'un joueur de football américain, ainsi que le visage et les muscles toniques d'un mannequin pour sous-vêtements Armani.

Elle savait tout cela sur lui car elle avait rêvé de lui à de nombreuses reprises. À sa grande honte, elle avait fait plus que rêver de lui. Seule et coupée du monde dans la Cage à Oiseau, son sauveur avait été son seul fantasme récurrent.

« Elle est réveillée. Vous êtes réveillée. » Une femme entra dans le champ de vision de Cassie, qui tourna la tête pour l'observer.

C'était une femme superbe d'environ soixante-cinq ans, vêtue d'un ample caftan blanc et d'une coiffe blanche. Sa peau était de cette douce couleur café-au-lait si courante chez les descendants de Créoles, et son fort accent Nouvelle-Orléans confirmait son ascendance. À cet instant, la femme regardait fixement Cassie, l'air sceptique.

« Je suis réveillée, » acquiesça Cassie en se redressant.

Quatre autres personnes étaient assises à une énorme table de chêne à l'autre bout de la pièce, trois hommes et une femme. Au premier regard, les trois hommes ne se ressemblaient pas le moins du monde, bien qu'ils eussent quelque chose de familier. Cassie ne connaissait pas la femme, une jolie blonde aux courbes généreuses qui arborait une expression perplexe.

À la seconde où Cassie le vit, *lui*, son homme-mystère, elle se détendit légèrement.

« C'est à vous que je parle, » fit sèchement la Créole en agitant une main devant le visage de de Cassie.

« Euh... dit Cassie en levant les yeux vers elle. D'accord.

— Je suis Mère Marie, dit la femme d'une voix chargée d'impatience. Vous êtes au Manoir, protégée par les Gardiens Alpha. »

Plusieurs choses se mirent en place pour Cassie. Le fait que l'homme de ses rêves ait porté une épée, l'air familier de ses compagnons. C'était logique, puisque les gardes de Père Mal conservaient tout un mur de photos et d'informations sur les Gardiens là-bas, à la Cage à Oiseaux, dans le but de les rendre reconnaissables au premier coup d'œil.

« Cassie. Cassandra, je veux dire. Chase, » dit Cassie en s'efforçant de mettre de l'ordre dans ses pensées.

Mère Marie lui prit la main et la serra fort, et Cassie poussa une exclamation étranglée en sentant l'explosion d'énergie qui passa entre elles. L'autre femme ouvrit de grands yeux et dévisagea longuement Cassie.

« Oracle, dit Mère Marie en lâchant la main de Cassie. Pas étonnant que Père Mal vous garde sous clé. »

La jolie blonde intervint, attirant l'attention de Cassie.

« Tu as dit que tu t'appelais Cassandra ?

— C'est moi, » dit Cassie avec un hochement de tête tout en regardant un peu autour d'elle. L'étage était construit en plan ouvert, contenant un séjour, une salle à manger et un bureau, ainsi qu'une très agréable cuisine en acier inoxydable. Dans l'angle opposé de la pièce se trouvait encore un autre homme arborant une queue de pie à son costume et une expression désapprobatrice sur son visage.

« Moi, c'est Écho, » dit la femme en se levant pour s'approcher et examiner Cassie. Elle désigna du doigt, tour à tour, l'homme blond, l'homme à la barbe roussâtre, puis l'homme mystère de Cassie. « Voici Aeric, Rhys, et Gabriel. »

Gabriel, Cassie articula-t-elle en silence pour elle-même. Son regard se riva à nouveau au sien, et son besoin d'être près de lui augmenta d'un cran.

« Ce doit être elle, la Seconde Lumière, » dit Écho à Mère Marie.

Cassie reporta brusquement son attention sur Écho.

« Qu'est-ce que tu sais à ce propos ? » demanda Cassie, surprise. Cassie n'avait jamais entendu parler des Trois Lumières en dehors de ses visions, aussi était-elle surprise d'entendre ces mots prononcés tout haut. Le ton désinvolte de la femme donna à Cassie l'impression que les Trois Lumières étaient pour les Gardiens un sujet de conversation courant.

La blonde haussa une épaule en rougissant légèrement.

« Pas grand-chose, en dehors du fait que je suis la Première Lumière. Oh, et que ce sont ma mère et ma tante qui nous ont mis dans cette situation au départ, je crois.

« Depuis combien de temps Père Mal vous retenait-il prisonnière ? coupa Mère Marie, dont les yeux roussâtres se plissèrent en observant le visage de Cassie.

— Quatre ans, je crois, dit Cassie.

— Sollicite-t-il souvent des visions de votre part ? reprit Mère Marie.

— Oui, dit Cassie. Plusieurs fois par semaine, parfois. Et pour être claire, les visions viennent de l'Oracle, pas de moi.

— Je suis certaine de ne pas savoir ce que vous entendez par là, renifla Mère Marie.

— L'Oracle me possède, je suis son véhicule. C'est elle qui a les visions, je fournis simplement... je ne sais pas trop, une manifestation physique. Elle vit dans le monde des esprits et se sert de moi pour accéder au royaume des humains, expliqua Cassie.

— Donc en théorie, tu pourrais refuser une vision qu'on te demande ? intervint Écho. Si tu le voulais, tu pourrais refuser d'ouvrir la bouche ou quelque chose comme ça, non ? »

Les lèvres de Cassie se tordirent tandis qu'elle y réfléchissait.

« Peut-être. L'Oracle peut prendre le contrôle sur moi, si elle le souhaite. Mais si quelque chose devait m'arriver, elle devrait trouver un nouveau véhicule, ce qui serait difficile. Crois-moi, j'ai résisté au début, quand elle est venue à moi, et pas qu'un peu. Du coup, en général, je trouve plus facile d'acquiescer. C'est rare qu'on me demande d'invoquer une prophétie qui ait réellement de l'importance. »

Mère Marie pinça les lèvres, et Cassie se demanda si cette femme ne savait pas, en toute possibilité, que le fait d'invoquer des visions par l'intermédiaire d'un Oracle exigeait un sacrifice ; la taille et la valeur de l'offrande étaient directement liées à l'importance de la vision convoquée.

Ou peut-être Mère Marie savait-elle que l'invocation était terriblement épuisante pour le véhicule et s'avérait parfois dangereuse pour l'Oracle elle-même. La capacité d'un Oracle à projeter une vision invoquée venait de l'intérieur, et trop d'efforts pouvaient éteindre une voyante aussi sûrement que si l'on retirait la mèche d'une bougie.

« C'est à se demander comment vous déterminez ce que vous *jugez important*, » dit Mère Marie.

Mère Marie observa Cassie encore un instant avant de se retourner et de porter ses doigts à ses lèvres, poussant un sifflement aigu qui fit sursauter toutes les personnes présentes dans la pièce. La femme se retourna vers Cassie, les sourcils froncés.

« Encore un test et ensuite vous pourrez rejoindre votre partenaire, » dit Mère Marie.

Cassie eut un mouvement de recul en entendant le mot *partenaire*. Son regard revint à nouveau brusquement vers Gabriel, puis elle ouvrit de grands yeux en comprenant une partie de ce qu'il se passait. Ce magnétisme, cette étrange attirance qu'elle éprouvait, cette insatiable curiosité… tout cela *signifiait* quelque chose. Et bien sûr, elle avait vu de ses propres yeux que Gabriel était un ours métamorphe, c'était donc possible. Simplement… inattendu.

Cassie ouvrit la bouche, une dizaine de questions au bout de la langue, mais elle remarqua alors une silhouette noire recouverte de fourrure qui entrait dans la pièce. L'attention de Mère Marie était focalisée sur le chat noir au poil magnifiquement lustré tandis qu'il entrait nonchalamment dans le salon et trottinait dans leur direction. Il s'arrêta au pied de Mère Marie et leva vers elle ce qui se rapprochait d'un regard interrogateur.

Puis le chat stupéfia Cassie en se mettant à parler véritablement.

« Vous m'avez appelé ? » demanda-t-il d'une voix masculine, rauque et mélodieuse.

Cassie s'aperçut que c'était le sifflement de Mère Marie qui avait appelé la créature, qui n'était certainement pas un simple chat.

« Cairn, tu as pris ton temps pour descendre. Examine-la, vérifie qu'on ne peut pas la suivre, » dit Mère Marie au chat.

Le chat renifla d'un air dédaigneux et se détourna, puis sauta sur le canapé et grimpa sur les genoux de Cassie. Cassie résista à l'impulsion de lever la main et caresser la fourrure d'aspect doux du félin tandis que Cairn se frottait contre les bras et la poitrine de Cassie. Il bondit par terre et frotta sa bouche contre ses jambes, avec toute l'apparence d'un chat laissant sa marque olfactive.

Cairn leva vers elle des yeux aussi jaunes et lumineux que des pièces d'or, et l'examina pendant plusieurs longs battement de cœur. Cassie eut du mal à s'empêcher de remuer sur son siège sous l'examen minutieux de la créature. Quoi qu'il eût vu, Cairn dût le juger satisfaisant, car il se retourna vers sa maîtresse.

« Elle n'a rien sur elle, » ronronna le chat, dont le bout de la queue tressaillit.

Cassie haussa un sourcil en regardant Mère Marie, mais n'ouvrit pas la bouche. Elle s'empêcha délibérément de regarder Gabriel, bien qu'elle eût désespérément envie de voir sa réaction à... eh bien, à tout. Cependant, Cassie était fière de son exceptionnelle force de volonté. Elle ne comptait pas laisser une espèce de désir magique bizarre contrôler ses actes.

...et, trois secondes plus tard, la voilà qu'elle regardait quand même Gabriel. Elle le surprit en train de regarder dans sa direction, sans vraiment croiser son regard, l'air exceptionnellement mal à l'aise. Eh bien, ils étaient deux.

« Oh, pour l'amour de Dieu, fit sèchement Mère Marie. Gabriel, emmenez-la quelque part et finissez-en avec ces histoires de partenaires une bonne fois pour toute. Vous ne me servez à rien, là, comme ça. Et quoi que tu fasses, ne la laisse pas se faire enlever. Si Père Mal se sert d'elle pour trouver la Tierce Lumière, on est tous foutus. »

Tout le monde se leva, aussi Cassie se leva-t-elle également. Les autres Gardiens s'éclipsèrent assez rapidement, et bientôt Cassie et Gabriel furent seuls dans la pièce. Gabriel l'observa quelques instants, puis lui fit signe d'approcher.

« Ça te dit d'aller te promener ? » demanda-t-il en désignant du doigt la porte-fenêtre qui menait à une cour arrière bien entretenue.

La bouche de Cassie s'assécha lorsqu'elle entendit les quelques premières notes de son impeccable accent anglais. Il en était encore à « ça te dit » que ses pieds s'avançaient déjà vers lui, ce qui était plus qu'un peu gênant. Pire encore, Gabriel était littéralement plus beau à chaque pas qu'elle faisait, et tout à coup voilà que son cœur martelait dans sa poitrine.

Gabriel parut se secouer légèrement avant d'aller ouvrir la porte et de la tenir ouverte pour Cassie. Elle se mordit la lèvre, baissa les yeux au sol et passa devant lui en tremblant. Lorsqu'il leva la main et effleura très légèrement le bas de son dos, Cassie exhala un souffle retenu.

« Bon sang, c'est quoi, ça ? » gémit-elle, de plus en plus agacée. Elle avait l'impression de n'avoir aucun contrôle sur les désirs de son corps, ce qui était inacceptable. Elle sortit sous le soleil éclatant de la Nouvelle-Orléans et s'éloigna de quelques pas, en s'efforçant de retrouver ses repères.

« Moi aussi, j'en suis surpris, » dit Gabriel en suivant Cassie à l'extérieur, tout en lui laissant un peu d'espace.

Cassie lui lança un coup d'œil et croisa les bras.

« Je n'ai jamais dit que tu l'avais voulu, dit-elle en faisant la moue. Qui voudrait une chose pareille ? C'est une sensation *horrible.* »

Gabriel haussa ses sourcils noirs, une étincelle d'émotion illumina brièvement ses yeux bleu marine, mais il ne répondit pas directement. Seul un pli éloquent sur un côté de sa bouche et un léger plissement de ses yeux indiquèrent son mécontentement.

« Personne ne choisit le partenaire qui lui est destiné, soupira Gabriel.

— Est-ce que le fait d'être destinés l'un à l'autre signifie qu'on sera forcément heureux ? demanda Cassie. J'imagine que non. Et tes parents, alors, ils étaient heureux ? »

Les yeux de Gabriel s'obscurcirent pendant plusieurs secondes avant qu'il ne parût chasser cette noirceur.

« Je n'ai pas connu mes parents. Ma sœur et moi étions orphelins.

— Ah, dit Cassie, sentant la chaleur lui monter aux joues. Ça n'a pas dû être facile. Passer de foyer d'accueil en foyer d'accueil, et tout ça. »

Gabriel haussa de nouveau les sourcils, puis un soupçon d'amusement recourba les coins de sa bouche.

« Crois-le ou non, mais il n'y avait pas ce genre de système en place. Mère Marie m'a amené ici depuis le Londres des années 1850. Ma sœur et moi vivions dans la rue, et c'est déjà une chance qu'on ait survécu. »

Cassie demeura bouche bée, et il lui fallut dix bonnes secondes avant de parvenir à refermer la bouche.

« Tu... tu es... quoi, un sorcier métamorphe qui peut voyager dans le temps ? » demanda-t-elle, incrédule.

Les lèvres de Gabriel frémirent et il afficha franchement un sourire en coin, puis haussa les épaules. Cassie se dit qu'aucun homme n'avait le droit d'être aussi beau tout en étant un connard. C'était injuste, à la limite du scandaleux.

« Pour être tout à fait honnête, je n'ai voyagé dans le temps qu'une seule fois, et c'est Mère Marie qui a tout fait. Et toi, alors ? Tu es un Oracle, et je pensais qu'ils avaient disparu avec la Grèce Antique, souligna-t-il. Je suppose que ça fait de nous un couple un peu atypique. »

Cassie exhala à nouveau en secouant la tête. Gabriel se retourna et se mit à tourner en rond, les mains derrière le dos.

« Comment est-ce que ça peut être réel ? En tant qu'Oracle, je ne peux pas nier l'existence du destin, mais... comment est-ce que je peux appartenir à quelqu'un, comme ça, d'un coup ? Hier encore, je n'appartenais qu'à moi-même. » Elle se frotta les bras, glacée malgré le temps ensoleillé. « J'imagine... Je me disais simplement que j'aurais plus de temps avant que tu ne me trouves. »

Elle vit Gabriel se figer un instant avant de faire volte-face pour l'interroger.

« Comment ça, avant que je te trouve ? demanda-t-il.

— Eh bien, je suis un Oracle. J'ai vu une partie de mon propre avenir. À la seconde où j'ai vu ton visage à la Cage à Oiseaux, j'ai su qui tu étais.

— C'est quoi, la Cage à Oiseaux ? demanda-t-il. Et si tu savais que tu aurais un partenaire, pourquoi est-ce que tu es aussi surprise à présent ?

— La Cage à Oiseaux est l'endroit où Père Mal nous retenait, » dit Cassie, choisissant de répondre à la question la plus facile. Heureusement, Gabriel bondit sur l'occasion de poser des questions sur Père Mal.

« Vous étiez combien, au juste ? »

Cassie secoua la tête.

« J'en sais rien. » J'en ai rencontré cinq ou six, mais quand ils nous ont sorties de la Cage à Oiseaux, on aurait dit qu'on était plus que ça. Ils nous gardaient chacune dans une chambre.

« Et tu penses que Père Mal voulait que vous trouviez la Tierce Lumière ? demanda-t-il.

— Il m'a demandé de chercher la Tierce Lumière, en effet, dit Cassie, hésitante. C'est seulement que… qu'est-ce que tu sais sur les Oracles, au juste ? »

Gabriel battit des paupières et se rapprocha. De toute évidence, elle avait piqué sa curiosité à présent. Bien qu'il eût le physique d'un guerrier, peut-être son futur partenaire était-il davantage un érudit qu'un combattant, en fin de compte.

« Seulement ce que j'ai lu, ce qui n'est pas grand-chose. »

Cassie hocha la tête et s'efforça de trouver les bons mots pour le lui expliquer.

« Il y a deux types de prophéties : offertes et invoquées. Celles qui sont offertes s'élèvent en moi, en quelque sorte. Je ne les appelle pas, et lorsqu'elles se produisent je ne les contrôle pas. Invoquer une prophétie, en revanche, c'est différent. Je peux essayer de trouver des informations spécifiques, ou de voir le résultat d'une action en particulier.

— Et c'est probablement à cette dernière fin que Père Mal te gardait, j'imagine.

— Je crois qu'il a trouvé les deux types utiles, mais oui.

— Alors pourquoi est-ce qu'il ne t'a pas simplement fait invoquer le nom de la Tierce Lumière ?

— C'est très difficile d'invoquer des prophéties sur des choses qui ne sont pas encore censées être connues. Le Destin sait filtrer les informations. »

Gabriel lui lança un regard consterné.

« Ça n'est pas une explication suffisante, dit-il.

— Invoquer une vision requiert un sacrifice. Plus grande est la requête, plus grand est le sacrifice. Père Mal était prêt à se montrer patient si ça lui permettait de ne faire que de petits sacrifices, donner son sang, offrir des veaux gras, ce genre de choses. Il n'était pas prêt à faire le genre de sacrifice qui serait requis pour trouver la Tierce Lumière. Pas encore, en tout cas.

— Ah, » murmura Gabriel en hochant la tête. « Je suppose que du coup, on a de la chance d'être tombés sur toi avant lui, avant qu'il n'ait trouvé un sacrifice qu'il était prêt à faire.

— Est-ce que c'est la seule raison ? demanda Cassie, blessée.

— Cassie, » dit Gabriel en s'approchant pour lui saisir la main.

Son contact répandit une explosion de chaleur sur la chair de Cassie, et lorsque Gabriel la tira par la main pour l'attirer à lui, elle fut incapable de résister. Elle pencha la tête en arrière et leva les yeux pour dévisager Gabriel, un fourmillement d'intérêt dans le bas du corps tandis qu'elle regardait cette même avidité qu'elle éprouvait assombrir son regard.

Bien que le tourbillon de désir entre eux crût trop rapidement, le baiser se produisit très lentement. Gabriel bloqua son bras derrière elle, appuyant leurs doigts entremêlés au bas de son dos. Leurs corps se rejoignirent, l'anticipation tendant le corps de Cassie et recroquevillant ses orteils.

Gabriel fit courir son doigt de sa clavicule à sa mâchoire, avec une expression qui ressemblait à de l'émerveillement. Lorsqu'il lui leva le menton du bout de ce même doigt et que son regard tomba sur sa bouche, les lèvres de Cassie s'entrouvrirent comme une invitation.

Gabriel se pencha en avant et effleura sa bouche de la sienne, en un tourment ardent. Il recula et hésita avant de s'approcher à nouveau. Lorsqu'il l'embrassa enfin, leurs lèvres se rencontrèrent comme si c'était la chose la plus naturelle, la plus juste qui fût.

La langue de Gabriel toucha celle de Cassie, allumant un feu tout au fond d'elle, et elle fit glisser sa main libre jusqu'à son cou, nouant ses doigts dans ses cheveux. Gabriel émit un doux son grave qui fit flancher les genoux de Cassie, et elle lui mordilla la lèvre inférieure. Elle ferma les yeux et se laissa aller contre lui, avide.

Un battement de cœur plus tard, Gabriel la lâcha et recula, l'air troublé. Cassie ouvrit brusquement les yeux et porta ses doigts à ses lèvres gonflées. Elle vit la peur manifeste sur le visage de Gabriel, ce qui lui fit l'effet d'une gifle.

Un petit rire sans joie s'échappa de la gorge de Cassie, et elle secoua la tête.

« Très bien, dit-elle, presque pour elle-même. De toute évidence, tu n'es pas prêt pour ça. »

Elle fit volte-face et se dirigea vers la porte de derrière, fronçant les sourcils lorsqu'elle vit que le serviteur en smoking observait la scène depuis la fenêtre.

« Cass, attends ! Où est-ce que tu vas ? demanda Gabriel en s'élançant à sa suite.

— Chercher mon amie Alice. Vous n'avez sauvé qu'une fille sur des douzaines, et je ne vois pas vous précipiter pour porter secours aux autres. Si vous ne comptez pas le faire, moi oui, » dit-elle.

— Il faudrait qu'on en parle avec Rhys et Aeric, qu'on établisse un plan, dit Gabriel. Tu ne sais même pas où elle est !

— Non, mais je crois que je sais à qui demander, dit Cassie en ouvrant la porte à la volée pour entrer au pas de charge. J'ai mes sources. Et tu peux arrêter de jouer les hommes virils et protecteurs avec moi. Je t'assure que je suis tout à fait capable de prendre soin de moi. »

Elle s'arrêta net en s'apercevant qu'elle ne savait pas comment sortir de la maison. Lorsque l'homme en smoking haussa un sourcil et désigna du doigt le côté opposé du vaste séjour, Cassie lui adressa à contrecœur un hochement de tête.

« Tu es prisonnière depuis quatre ans. Comment est-ce que tu peux avoir des *sources* ? » Gabriel exigea-t-il de savoir.

Cassie lui lança un regard mauvais par-dessus son épaule, prit la direction du vestibule à l'entrée du Manoir et ne s'arrêta pas avant d'avoir franchi la porte d'entrée. Elle descendit les larges marches de marbre du perron et regarda autour d'elle, prenant ses repères.

« Où est-ce qu'on est, sur Esplanade ? demanda-t-elle.

— Oui, mais — » tenta Gabriel.

Cassie se retourna et le regarda.

« Tu viens, oui ou non ? » demanda-t-elle.

Sans attendre de réponse, elle sortit dans la rue avec l'intention de héler un taxi.

CHAPITRE 4

Gabriel réprima un gémissement en regardant cette diablesse aux cheveux de flammes descendre le perron du Manoir au pas de charge. Il voulait tout sauf passer du temps avec elle, s'autoriser à se rapprocher d'une autre femme, d'une autre personne qu'il décevrait. Peut-être était-ce parce que le tempérament de feu de Cassie lui rappelait l'intolérance de sa sœur Caroline pour les idioties. Peut-être cela venait-il seulement de leur sexe ; peut-être avait-il une attitude *sexiste*, un nouveau mot amusant qu'il avait appris au cours de l'un des cours du soir qu'il avait pris à l'Université Tulane.

Le concept du sexisme était sans nul doute plus moderne que Gabriel lui-même, mais il le comprenait assez bien. Il supposait qu'il n'avait aucun problème avec Cassie, ni avec Caroline, ni avec aucune autre femme au juste. Il savait simplement qu'il n'avait jamais été capable de faire ce qu'il fallait pour elles, aussi évitait-il tout ce qui durait plus longtemps que quelques heures de plaisir.

Il avait enchaîné bien des heures de plaisir depuis son arrivée à la Nouvelle-Orléans, mais ce n'était ni fait ni à faire... Surtout lorsqu'il regardait Cassie, vêtue de cette affriolante jupe saphir qui lui descendait aux chevilles et de ce chemisier blanc moulant, avec ses cheveux d'un roux flamboyants qui se déversaient dans son dos. Si Gabriel l'avait remarquée dans un club Kith, partenaire ou pas, il aurait pratiquement tout fait pour la ramener chez lui.

Un Taxi Jaune se gara le long du trottoir et Gabriel descendit les marches au trot. Il abattit sa main sur la portière avant que Cassie ne puisse l'ouvrir, ignorant son regard furieux.

« Laisse-moi au moins te conduire, dit-il. L'une de nos voitures est garée de l'autre côté de la rue. »

Il désigna l'élégant 4x4 noir garé à peine à une centaine de mètres de là et, à son grand soulagement, Cassie céda.

« Très bien, » dit-elle, la bouche pincée en une moue crispée. Elle fit signe au taxi de continuer, l'air impatient.

« Laisse-moi prendre les clés à Duverjay, dit Gabriel. Devant son regard perplexe, il clarifia : « Le majordome. Tu sais, avec le costume à queue-de-pie ? »

Cassie leva les yeux au ciel et retourna dans le jardin à l'avant du Manoir, où elle se laissa tomber sur un banc de marbre pour attendre. Gabriel savait qu'il l'avait bel et bien mise en colère, mais il n'avait aucune idée de ce qu'il pouvait faire pour y remédier. Il ne pouvait pas vraiment s'excuser de ressentir ce qu'il ressentait au sujet de l'accouplement, si ? Peu importait à quel point ses hanches étaient rebondies, à quel point ses grands yeux gris étaient sexy...

En allant chercher les clés dans le vestibule du Manoir, il se demanda s'il ne valait pas mieux qu'elle reste en colère. Gabriel avait l'intention de garder ses distances avec elle, et comment mieux y parvenir qu'en laissant la nature suivre son cours ?

Avant de quitter le Manoir, il prit un *sac de secours* dans le vestibule. Il y manquait une épée, son arme préférée, mais il contenait cependant plusieurs armes et de l'argent, au cas où.

« Très bien, » dit Gabriel en rejoignant Cassie. Il déverrouilla la voiture et en fit le tour pour lui ouvrir la portière, en réprimant un demi-sourire face à son expression soupçonneuse. Il jeta le sac sur la banquette arrière et grimpa sur le siège conducteur, les sourcils froncés tandis qu'il tassait sa silhouette élancée dans la voiture.

« Je ne m'habituerai jamais aux autos, soupira-t-il tandis qu'il sortait la voiture sur Esplanade.

— J'ai eu une voiture pendant quelques années, quand j'étais adolescente. Une petite sous-compacte miteuse. Tes jambes ne se seraient pas très bien entendue avec cette voiture, dit Cassie. Tu aurais dû voyager sur la banquette arrière ou un truc dans ce genre-là.

— J'aime autant ne pas le savoir. Où est-ce qu'on va, au fait ? demanda Gabriel.

— Jackson Square, » dit Cassie.

Gabriel battit des paupières, surpris par sa réponse. En plein centre du Quartier Français se trouvait la Cathédrale St Louis, l'une des attractions touristiques de la ville. Devant cette église grandiose se trouvait un jardin public miniature, entouré de tous les côtés par des restaurants, des galeries d'art et de petites boutiques de vente au détail. Dans tous les espaces vides s'entassaient des artistes, des vendeurs de hot-dogs et de snowballs, des champions d'échecs qui proposaient des cours, des spectacles de rue et toutes les autres sortes de marchands que l'on puisse imaginer – Jackson Square.

Gabriel s'était attendu à ce que les sources de Cassie se trouvent sur le Marché gris, le vaste marché paranormal souterrain dissimulé à la vue des humains. Ou sinon, dans l'un des autres lieux qu'utilisaient les Kith, la communauté surnaturelle.

« C'est toi qui as voulu venir, dit Cassie en se détournant pour regarder par la vitre. Ça va être un cauchemar pour se garer, tu sais.

— En dépit des conditions de circulation habituelles dans le Quartier Français, les Gardiens peuvent se garer où ça leur chante, » déclara malicieusement Gabriel.

Ce détail intrigua Cassie.

« Je croyais que personne n'était immunisé contre les amendes de stationnement de la Nouvelle-Orléans, dit-elle. Elles sont inévitables, comme la mort et les impôts. »

Gabriel sourit d'un air désabusé.

« On a des amis à tous les niveaux d'autorité à la Nouvelle-Orléans. Je t'assure que les services qu'on rend à la ville valent largement quelques amendes de stationnement. »

Elle se contenta de soupirer tandis que Gabriel se dirigeait vers une place de parking à seulement un pâté de maisons de la Cathédrale. Dès qu'il se fut garé, Cassie sembla mettre un point d'honneur à descendre de la voiture sans lui laisser le temps d'en faire le tour pour lui ouvrir la portière.

Gabriel leva les yeux au ciel et s'efforça de rassembler sa patience. Évidemment, il avait fallu que le destin lui donne pour partenaire une femme moderne et indépendante, qui n'allait pas se contenter d'accepter sa volonté. Gabriel se passa la main sur le visage et pressa le pas pour rattraper Cassie.

« On va manger un snowball ? » demanda Gabriel en plaisantant au sujet d'un dérivé du granité en cornet que les gens du coin adoraient.

« Tu peux, si tu veux, dit Cassie. Moi, je vais voir Madame Marquis.

— Madame qui ? »

Cassie le conduisit dans Jackson Square. Le parc était entouré d'une grille en fer forgé de six mètres de hauts, autour de laquelle étaient rassemblés la plupart des vendeurs. Cassie s'approcha d'une femme assise dans un fauteuil de camping, qui déplaçait des cartes sur une petite table revêtue de satin noir. Une immense bannière était suspendue à la grille derrière elle, annonçant : « Madame Marquis — Votre avenir pour 5$/10 minutes.

— Ah, » dit Gabriel en s'efforçant de ne pas avoir l'air déçu. À en juger par la manière dont Cassie leva les yeux au ciel, il n'y était pas parvenu. À sa décharge, la Madame en question avait une allure ridicule ; c'était une sexagénaire de type caucasien affublée d'une panoplie complète de « gitane », avec des jupes, des écharpes flottantes et une bague à chaque doigt. Elle portait également une coiffure noire d'allure suspecte que Gabriel soupçonnait fortement d'être une perruque.

« Ne la vexe pas, elle est très émotive, » l'avertit Cassie avant qu'il n'ait pu faire un commentaire.

Gabriel ne put s'empêcher de remarquer la manière dont la diseuse de bonne aventure se leva d'un bond lorsque Cassie approcha.

« Oracle ! » s'exclama la voyante en lançant de rapides coups d'œil alentour avant de fixer son regard sur Gabriel. Son expression passa de la stupéfaction à la curiosité au bout d'un instant. « Et un Gardien ?

— Oui, Madame, » dit Cassie en s'approchant et en lui proposant une poignée de main. Elle rejeta en arrière un épais rideau de cheveux roux. « Est-ce qu'on peut s'asseoir un moment avec vous ?

— Bien sûr, Oracle, dit Madame en poussant deux chaises de toile dans leur direction. Asseyez-vous, asseyez-vous.

— Comment les cartes vous ont-elles servie ? » demanda Cassie d'un ton désinvolte, en ignorant la nervosité et l'excitation manifestes de l'autre femme. À Gabriel, elle expliqua : « Je manipule ses cartes, je les rends plus justes.

— Merveilleux, merveilleux, » dit Madame en se léchant les lèvres tandis qu'elle s'installait dans son fauteuil. Elle rassembla les cartes de tarot colorées étalées sur la table en un tas bien rangé, et les retourna face vers le bas. La main de Madame se tendit lentement vers une énorme boule de cristal, son regard alternant rapidement entre la boule et Cassie, avide.

« J'ai besoin que vous fassiez deux choses pour moi, Madame. En échange, je pourrai à nouveau influencer vos cartes, et la boule de cristal si vous voulez, » proposa Cassie. Tout en parlant, Cassie retira son gant droit, en dévisageant Madame comme pour la mettre au défi de faire une remarque sur ses cicatrices.

À la grande surprise de Gabriel, l'autre femme ne parut pas les remarquer. Son enthousiasme pour le don de Cassie était simplement trop grand pour être affecté par l'apparence de cette dernière. À cet instant, il s'aperçut qu'en ce qui concernait les cicatrices de Cassie, son anxiété quant à la réaction des autres dépassait largement la réalité.

Lorsque Cassie retira son gant gauche, les yeux de Madame s'illuminèrent un instant, puis leur éclat diminua.

« Père Mal va venir, dit Madame avec une certaine tristesse. Il saura que vous êtes venue ici, je ne peux rien y faire.

— Bien sûr que non, je ne vous demanderais pas de lui servir un aussi gros mensonge, » dit Cassie en passant ses doigts sur la nappe de satin. « Vous pouvez lui dire que je suis venue ici, mais je veux en revanche que vous omettiez de parler de mon ami ici présent. Père Mal saura bien assez tôt que je suis avec les Gardiens, il n'a pas besoin de votre aide. »

Cassie regarda Madame en haussant un sourcil interrogateur, et celle-ci exhala le souffle qu'elle retenait.

« Oui, oui, » dit la voyante en poussant les cartes vers Cassie. Cassie tendit la main pour les prendre, puis interrompit son geste.

« J'ai besoin d'autre chose, » dit Cassie.

Gabriel observait l'échange avec une certaine fascination. Pour une femme censée avoir vécu en captivité pendant plusieurs années, Cassie était extrêmement douée pour les interactions sociales. Ayant grandi dans les rues de Londres, Gabriel avait connu des poissonnières qui auraient envié le talent de sa jolie partenaire rousse pour le marchandage.

Il fronça les sourcils, ayant perdu le fil de ses pensées. *Partenaire*, ce mot insidieux. Il n'était pas censé penser de cette manière. L'ours en lui s'insurgea légèrement, informant Gabriel de son mécontentement quant au refus de celui-ci de prendre Cassie sur-le-champ, de la marquer comme sienne et de la revendiquer pour eux.

« — faut que vous me disiez comment trouver quelqu'un, disait Cassie lorsque Gabriel lutta pour revenir à la conversation en cours. Une personne retenue prisonnière, comme je l'étais.

— Ooooh, murmura Madame tout en regardant les doigts de Cassie danser sur le plateau de la table. Oracle, j'ignore ces choses-là... »

Cassie parut y réfléchir un instant, puis fit mine de se lever.

« Si vous ne pouvez pas m'aider — commença Cassie.

— Non, non ! Attendez, attendez, » dit la voyante, en baissant la voix jusqu'à murmurer. Je sais à qui vous pourriez le demander, Oracle. Seulement, ne partez pas.

— Je vous écoute, » dit Cassie en tendant la main pour saisir le jeu de tarot. Elle caressa lentement les cartes à deux reprises, avec douceur, puis lança un coup d'œil à Madame marquis.

« Il y a un homme, un très méchant homme, dit Madame, l'air un peu pâle. Ciprian Asangel. Sur l'échelle sociale des Vampires, il est au troisième échelon, il sait forcément quelque chose.

— Intéressant, » dit Cassie. Elle ferma les yeux et parut se concentrer sur les cartes pendant quelques instants. Elle rouvrit les yeux et mit les cartes de côté. « Dites-moi où le trouver, et j'insufflerai de l'énergie dans la boule de cristal. »

Madame se lécha à nouveau les lèvres et retrouva un peu ses couleurs.

« Vous connaissez le bar Bellocq ? demanda la voyante. C'est lui qui gère la partie Kith, le trou-de-ver dans le box le plus éloigné de la porte.

— J'y suis déjà allée, » dit Cassie.

Gabriel fut quelque peu surpris d'entendre cela, étant donné que le Bellcoq était un bar quelque peu huppé où faire des rencontres. En réalité, il n'y était jamais entré, mais il connaissait assez bien la réputation de cet endroit. La partie humaine comme la partie Kith exsudaient en quelque sorte la fortune et le sexe, et une part de lui haïssait l'idée que Cassie y ait passé du temps.

Il observa Cassie en silence tandis qu'elle effectuait son tour de passe-passe sur la boule de cristal.

« Merci, Oracle, dit Madame.

— N'oubliez pas notre marché, d'accord ? dit Cassie.

— Oui, oui, acquiesça la voyante, mais son regard bondit droit sur Gabriel.

— À quoi pensez-vous, Madame ? » demanda Gabriel.

Le regard de Madame Marquis alterna quelques instants entre Gabriel et Cassie, puis elle secoua lentement la tête.

« Je peux vous tirer les cartes, Gardien, mais je ne peux pas vous dévoiler l'avenir de l'Oracle. »

Gabriel fronça les sourcils, prêt à lui poser d'autres questions, mais Cassie se leva d'un bond et l'interrompit, tout en enfilant ses gants.

« Très bien, on devrait y aller. Il ne faudrait pas qu'on

s'interpose entre Madame et ses clients, dit Cassie en adressant à Gabriel un regard lourd de sens.

— Oui, oui. Merci, Oracle, » dit Madame Marquis en se levant pour serrer à nouveau la main de Cassie, les yeux toujours ronds.

Gabriel laissa Cassie l'entraîner par la main, en se demandant ce qu'elle pouvait bien avoir à cacher.

« Où est-ce que je vais bien pouvoir trouver quelque chose à me mettre pour aller au Bellcoq ? » se demanda Cassie tout haut tandis qu'elle le ramenait à la voiture. Gabriel ignora la sensation de chaleur qui lui emplit la poitrine à ce simple contact innocent et tourna son esprit vers ses paroles.

« On a tes valises. Enfin, on a deux douzaines de valises et on peut supposer que certaines d'entre elles sont à toi, dit Gabriel. Mais tu n'auras pas besoin de porter quoi que ce soit au Bellcoq, parce que tu n'y vas pas. »

Cassie s'arrêta net, repoussa sa main et lui lança un regard mauvais.

« Ah bon ? demanda-t-elle d'une voix atone.

— Les Gardiens vont y aller. C'est notre boulot, Cass.

— Pour commencer, dit Cassie en levant un doigt pour attirer son attention. Ne m'appelle pas Cass. »

Gabriel dut réprimer une grimace en entendant la colère dans sa voix.

« Deuxièmement, tu n'as pas à me dire où je vais et où je ne vais pas. Un petit baiser ne t'autorise pas à me donner des ordres. »

Gabriel soupira.

« Ça n'a rien de personnel. On ne laisserait pas Duverjay ou Mère Marie y aller non plus. »

Cassie renifla avec dédain.

« J'aimerais bien te voir donner des ordres à Mère Marie. C'est elle qui porte la culotte dans cette maison, c'est plutôt évident. »

Gabriel réfléchit un instant à ces paroles, mais Cassie poursuivit.

« J'aimerais aussi attirer ton attention sur le fait que tu ne franchiras pas la fichue porte du Bellcoq sans moi. Peut-être du côté humain, simplement parce que tu es agréable à regarder, mais le côté Kith est sous étroitement gardé.

— Et il se trouve que tu connais le mot de passe secret ? » demanda Gabriel en penchant la tête de côté.

— Je connais les videurs, ce qui est encore mieux.

— Et comment tu les connais, au juste ?

— Ca n'est pas tes oignons. Tu te rappelles ce que je t'ai dit au départ ? demanda Cassie, qui semblait perdre le peu de patience qui lui restait.

— Très bien, dans ce cas, comment est-ce que tu pouvais boire des verres au Bellcoq tout en étant retenue prisonnière ? la défia Gabriel en croisant les bras.

— Père Mal a besoin d'exhiber tous ses atouts. Il échange pas mal de faveurs, et il faut que les gens sachent exactement ce qu'il peut leur fournir. Je suis l'un des plus gros atouts qu'il ait, ou qu'il ait eus. Il me sortait quelques fois par mois pour m'exhiber.

— Et pourquoi est-ce que tu ne t'es pas simplement enfuie ? Pourquoi tu n'es pas sortie par une fenêtre ou un truc comme ça ? »

Quelque chose dans l'expression de Cassie se durcit.

« Je l'ai fait, la seconde fois qu'il m'a emmenée dehors. Je me suis échappée d'un carré VIP et j'ai filé chez mes parents.

— Et il t'a à nouveau enlevée, sous le nez de tes parents ? » demanda Gabriel, abasourdi. Une sorcière aussi forte que Cassie devait être issue de deux puissants magiciens, disposant d'un pouvoir suffisant pour protéger leur enfant du danger.

Cassie éclata d'un rire froid et rejeta ses cheveux en arrière. Elle remonta l'une de ses manches, montrant à Gabriel des centaines de cicatrices blanches entremêlées sur ses poignets et l'intérieur de son coude.

« Tu crois que qui m'a vendue à lui, pour commencer ? C'est même pire que ça. Ils m'ont vendue avant que je n'aie pu accéder à mes pleins pouvoirs. Ils pensaient que j'étais faible, donc ils m'ont vendue à un vampire sur le Marché Gris. Avant d'être l'Oracle, j'étais une esclave du sang. »

Le cœur de Gabriel s'enveloppa d'une gangue de glace qui le gela de l'intérieur. Ses poings se serrèrent à cette seule idée. Certains donneurs de sang étaient bien traités et vivaient longtemps, mais les entrepreneurs Vampires les plus glauques laissaient leurs clients épuiser leurs donneurs réduits en esclavage en peu de temps avant de les relâcher dans la rue où ils vivaient de brèves et pathétiques existences, privés de leurs forces et de leur intellect.

« Tu avais quel âge ? » demanda-t-il, parvenant à peine à prononcer ces paroles tant il serrait les dents.

« Quinze ans. » Cassie baissa à nouveau sa manche et lança à Gabriel un regard dur. « Si tu n'arrêtes pas de me regarder comme ça, avec cette putain de pitié dans les yeux, je te colle mon poing en plein dans ta belle gueule.

— Ça fait juste... beaucoup à encaisser. J'essaie de ne pas me mettre en rogne, » reconnut Gabriel.

Cassie lui adressa un ricanement sarcastique, ses joues pâles tachées de rouge par la colère.

« Eh bien, je suis désolée que ta soi-disant partenaire ait déjà servi. Le destin a dû trouver drôle de me caser avec M. Parfait. Ce n'est pas comme si j'avais eu le choix de ce qui s'est passé, dit-elle en montrant les dents.

— Cass, » grogna Gabriel. Elle esquissa un geste pour se détourner, et il la saisit pour la ramener contre son corps. « Regarde-moi. Je ne penserais jamais ça, jamais de la vie. Et je ne suis pas parfait, loin de là. »

Cassie se raidit dans ses bras et leva vers lui ses grands yeux gris lumineux de larmes non versées.

« Lâche-moi, murmura-t-elle, les yeux rivés aux siens.

— Pas avant que tu ne m'écoutes, » dit-il en se penchant pour effleurer ses lèvres des siennes. Son odeur le submergea, un parfum doux et épicé de cannelle ; la pression de son ventre et de sa poitrine contre les siens firent tressaillir sa queue d'un intérêt renouvelé.

Cassie le dévisageait, son visage n'exprimant que de l'incertitude. Gabriel l'embrassa lentement et profondément et ne la libéra qu'à contrecœur.

« Je me contrefous de ton passé. Dis-moi que tu me crois, » dit Gabriel avec douceur, quoique d'un ton exigeant.

Cassie se mordit la lèvre et hocha la tête, puis porta ses mains à sa poitrine pour le repousser doucement. Une fois qu'elle eut mis quelques pouces entre eux, elle inspira profondément.

« Je ne suis pas une petite fleur délicate, Gabriel. »

Il ne put s'empêcher d'adorer le son de son nom sur ses lèvres.

« Quelque chose me dit que tu es plus forte que la plupart des gens.

— Oui, dit-elle en rajustant les manches de son chemisier. Et je viens au Bellcoq avec toi. D'après ce que j'ai compris, tu n'es pas prêt à avoir une partenaire. Peut-être que je ne suis pas prête non plus. Mais tu vas devoir accepter mon aide pour trouver les autres filles. »

Au bout d'un long moment, Gabriel ne put que hocher la tête.

« Très bien, » dit-il en tendant la main pour reprendre la sienne. Voyant qu'elle ne résistait pas à son contact, il l'attira auprès de lui et la raccompagna jusqu'à la voiture, pleinement conscient du fait qu'il venait bel et bien d'accepter quelque chose de très difficile. « On ne peut pas y aller ce soir, de toute façon. C'est la pleine lune, donc aucun Vampire n'est de sortie. Ils sont en train de faire tous ces machins secrets qu'ils font dans leurs petites réunions.

— J'imagine qu'on va devoir trouver un moyen de passer le temps, dit Cassie en faisant la moue. Tu ne jouerais pas aux échecs, par hasard ? »

Il réprima un gémissement face à sa moquerie flagrante. Il semblait bien que Gabriel Thorne allait passer pas mal de temps avec la splendide et inoubliable Cassandra Chase, qu'il le voulût ou non.

CHAPITRE 5

Cassie appliqua une dernière couche de rouge à lèvres d'un rouge rubis étincelant et s'admira dans son miroir de poche. L'épais trait d'eye-liner qui étirait son regard était impeccable, sa chevelure d'un rouge orangé était relevée en un chignon désordonné, et un mince cercle d'or était posé sur sa tête. C'était ça qui était marrant avec les boîtes Kith, ce que Cassie aimait le plus : on pouvait laisser toutes ses tenues conventionnelles au placard et s'habiller vraiment pour en mettre plein la vue, sans tenir compte de ce qui pouvait être approprié dans une boîte humaine normale.

Elle en voulait un peu aux Vampires qui géraient le Bellcoq, surtout parce que leur disparition mensuelle le temps de la nouvelle lune l'avait coincée au Manoir avec Gabriel pendant quatre jours de suite. Ni Cassie ni Gabriel ne semblaient être patients, pour commencer, mais la tension sexuelle qui grandissait entre eux était en train de devenir insupportable.

Même à cet instant, alors qu'Aeric était assis entre elle et son futur partenaire, Cassie ne sentait rien d'autre que l'odeur de Gabriel. Elle pouvait *sentir* l'odeur de sa peau sous ses vêtements, chaque fois qu'il remuait sur son siège de voiture. Le fait de savoir que c'était la peau de Gabriel, spécifiquement sa peau, était plus attirant que Cassie n'aurait jamais pu l'exprimer.

Et ce soir, ils allaient devoir se parler, se toucher et travailler en équipe. Bon sang, comment est-ce qu'elle allait y arriver ?

L'Oracle s'agita en Cassie, peut-être en réaction à son malaise. Elle inspira profondément et s'efforça d'avoir des pensées positives, afin d'envoyer des ondes positives à l'Oracle. À cet instant précis, Cassie avait besoin de tout sauf d'une possession subite avec flammes dans les yeux et tout le reste, avant de se mettre à cracher des prophéties incompréhensibles annonçant que les occupants de la voiture allaient souffrir et mourir. Lorsque l'Oracle parlait, les révélations étaient rarement joyeuses ou réconfortantes.

Cassie poussa un soupir et regarda par la vitre, tandis que Duverjay faisait faire au 4x4 le tour de Lee Circle dans le Quartier d'Affaires de la Nouvelle-Orléans, admirant l'élégante colonne blanche au centre du rond-point. Robert E. Lee se tenait là, le regard perdu au loin par-dessus l'autoroute. Il ne comptait pas parmi les personnages favoris de Cassie, mais constituait en revanche un monument mémorable.

« C'est là, sur la droite, dit Cassie en pointant du doigt un immeuble bas d'une couleur vert olive.

— Ça ne paie pas de mine, » gronda Rhys depuis le siège passager à l'avant. Il donna une petite tape au majordome des Gardiens, qui était leur chauffeur pour la soirée. « Déposez-nous ici, Duverjay. »

Duverjay se gara et attendit que Cassie et les Gardiens fussent sortis devant l'Hôtel Modern, un lieu d'affluence plutôt chic en soi. Il était dix heures trente, pile la bonne heure pour tomber sur une grande partie de l'activité sociale de la Nouvelle-Orléans. Pour l'instant, un certain nombre de personnes étaient assises sur une terrasse à l'entrée principale de l'hôtel, à siroter des verres et à bavarder ; un bon tiers d'entre elles s'interrompirent pour dévisager Cassie, Gabriel, Rhys et Aeric tandis qu'ils sortaient du 4x4.

Cassie passa ses mains sur sa robe dorée au dos nu Aidan Mattox. La robe longue jusqu'au sol lui allait comme un gant, moulant tout ce qu'il fallait, les broderies complexes de perles d'or scintillant au clair de lune. Les motifs brodés se déployaient en partant de sa taille tels des rayons de soleil, flattant incroyablement sa silhouette. On aurait dit une Vénus à la chevelure de flamme tout droit surgie de la mer, suivie pas à pas par trois hommes en smoking aussi beaux que des mannequins.

Pas étonnant que les gens ne les dévisagent. Cassie s'efforça de ne pas paraître amusée tandis qu'elle passait droit devant les clients de l'hôtel. Gabriel était juste derrière elle, et Cassie savait qu'il attirait au moins autant l'attention qu'elle, sinon plus encore. Son smoking Burberry lui allait si bien que Cassie arrivait à peine à s'empêcher de lancer un coup d'œil dans sa direction, de peur de se mettre à baver pour de bon.

Gabriel était *bien bâti*, ça, c'était certain. Son cul dans ce smoking était un crime contre l'humanité.

« Où est l'entrée du club ? »

Cassie fusilla l'homme en question du regard lorsqu'il interrompit le fil lascif de ses pensées.

« Par ici, de l'autre côté de la cour, » dit-elle en tournant à un angle et en les conduisant sur une immense terrasse éclairée aux chandelles. En dehors des bougies, la seule lumière provenait de guirlandes d'ampoules tamisées qui s'étiraient au-dessus des tables, laissant tout loisir à la lune voluptueuse de la Nouvelle-Orléans de donner à la cour une atmosphère romantique.

Cassie évita les tables pleines de clients qui riaient joyeusement et s'arrêta à une dizaine de pas de l'endroit où se tenaient deux gardes armés en costume. Au-dessus d'eux était suspendu un panneau dont la calligraphie simple indiquait *Bellocq — cocktails maison*.

« Nous y voilà, annonça Cassie avant de s'avancer vers les gardes et de leur adresser un signe de tête. Messieurs.

— Mademoiselle Chase, répondirent-ils tous deux aussitôt en baissant la tête avec déférence tout en tirant les doubles portes pour la laisser entrer.

— C'était trop facile, c'est suspect, gronda Aeric.

— Ce n'étaient que les gardes humains, dit Cassie en levant les yeux au ciel. Ils ne savent même pas ce que je suis, seulement que je suis une VIP. »

Ils entrèrent dans la moitié humaine du Bellocq, un salon

sombre et intime décoré de velours cramoisi et de soie noire réhaussés d'argent. Des couples et de petits groupes se tenaient debout ou étaient assis sur des chaises capitonnées, riant et discutant par-dessus le rythme persistant de la musique. Les boxes étaient bâtis contre les murs, tapissés de voluptueux coussins et en partie dissimulés par d'épais rideaux de perles noires et argentées.

Sur leur droite se trouvait un superbe bar éclairé par l'arrière, mais Cassie passa droit devant et, à la place, traversa directement la pièce. En approchant du fond, elle vira à gauche en direction d'un petit recoin et se glissa dans un espace entre deux boxes. Il y avait là deux autres vigiles, et ils observèrent Cassie et les Gardiens d'un œil beaucoup plus soupçonneux. Ils étaient debout devant un mur nu peint en noir et étaient armés de pistolets et de baguettes.

« Jacques, Redford, dit Cassie, saluant les vigiles par leur nom.

— Oracle, » répondit Redford. C'était le plus grand des deux hommes, sa chemise était tendue à craquer sur son torse imposant, et il semblait être le chef.

« Mes amis et moi sommes à la recherche d'une... distraction, » dit Cassie en battant des cils.

Les sourcils de Redford firent un bon tandis que son regard allait et venait entre Cassie et les Gardiens, faisant de toute évidence des suppositions que Cassie était loin de pouvoir s'imaginer.

« Vous portez-vous garante d'eux, Oracle ? Vous connaissez les règles, dit Redford en adressant à Cassie un regard lourd de sens.

— En effet, » dit Cassie en adressant à Redford un sourire contrit.

Redford lança un coup d'œil à Jacques, qui haussa les épaules.

« Très bien, Oracle. Passez une bonne soirée, » dit Redford en tirant sa baguette de sa ceinture pour en tapoter le mur.

L'image du mur vacilla un instant, l'illusion se dissipant pour révéler l'entrée vertigineuse et caverneuse du club Kith, dont l'embrasure était recouverte d'un millier de minuscules piquants dorés qui étincelaient dans la faible lumière.

« Ne les touchez pas, » dit Cassie aux Gardiens. Gabriel et Rhys froncèrent les sourcils, mais Aeric parut imperturbable. Pour la dixième fois ce jour-là, Cassie eut la nette impression que non seulement Aeric était plus âgé que les autres Gardiens, mais qu'il était peut-être tout autre chose. Quelque chose de... *plus*.

Ils passèrent du côté Kith du Bellcoq, avançant en file indienne jusqu'à ce qu'ils émergent dans une immense salle unique. L'or scintillait sur pratiquement toutes les surfaces de la pièce, et des bougies vacillaient dans un millier de petites appliques creusées dans la pierre humide du plafond.

Il y avait des boxes et des meubles capitonnés d'un côté et un bar splendide de l'autre, en une fidèle imitation du côté humain. La principale différence était la piste de danse située entre les boxes et le bar, où une centaine de corps étroitement serrés les uns contre les autres ondulaient au rythme tonitruant d'une ligne de basse que Cassie sentait jusque dans ses os.

Gabriel s'arrêta à côté d'elle, et Cassie le vit articuler une parole de surprise. Le Bellcoq était plutôt impressionnant, après tout. C'était le bar Kith le plus sélectif, le plus cher et le plus élitiste de toute la ville, surtout parce qu'un labyrinthe de salles privées partait d'un couloir derrière le bar et satisfaisait toutes sortes de préférences.

Du moins, c'était ce qu'Alice avait dit à Cassie.

En pensant à son amie, Cassie redressa l'échine et elle toucha le bras of Gabriel pour attirer son attention.

« Prenons d'abord un verre, » dit-elle en levant la voix pour se faire entendre par-dessus la musique.

À sa grande surprise, Rhys et Aeric les quittèrent tous les deux, Rhys se dirigeant vers la piste de danse et Aeric vers le couloir du fond.

« Ne t'en fais pas pour eux, » dit Gabriel en se penchant vers elle pour lui murmurer à l'oreille. Il était suffisamment proche pour que Cassie puisse sentir son souffle sur son cou et sentir son parfum frais et masculin.

« Je — » commença Cassie, troublée.

Gabriel la prit par la main, entremêlant leurs doigts comme il l'avait déjà fait et la conduisit jusqu'au bar. Même dans un établissement Kith plein de Vampires et de toutes les sortes de métamorphes qui fussent, Gabriel était de loin l'homme le plus séduisant homme du lieu. Et aussi l'un des plus grands.

Il se fraya un chemin à coups de coude jusqu'à une place au comptoir, sans paraître remarquer les deux nymphes blondes qui imploraient pratiquement son attention, en gloussant et en bombant la poitrine. Cassie réprima une grimace en observant leurs minces silhouettes et leurs traits éthérés, avec une conscience aiguë du fait qu'elle était beaucoup plus grande et plus plantureuse que les deux fées.

« Cass, » dit Gabriel en serrant sa main dans la sienne.

Elle leva les yeux vers lui et fondit pratiquement en voyant l'expression de son visage. Il la jaugeait d'un regard ouvertement appréciateur, ses yeux bleu nuit balayant sa silhouette de la tête aux pieds avant de revenir sur son visage.

« J'ai failli ne pas te laisser sortir du Manoir dans cette robe, tu sais, dit Gabriel, dont les lèvres tressaillirent avec amusement. Elle est littéralement scandaleuse. »

Son accent semblait plus fort lorsqu'il flirtait, et Cassie ne pouvait qu'imaginer l'effet qu'il avait sur les femmes non averties dans des bars comme celui-ci. Bon sang, cette expression sur son visage, cet accent, la manière dont sa veste de costume soulignait sa haute silhouette musclée...

Ouais, ça fonctionnait aussi sur Cassie, à en juger par sa culotte de plus en plus humide. Elle se lécha les lèvres et sentit son visage s'échauffer lorsqu'elle leva les yeux vers Gabriel. Elle inspira brusquement et s'efforça de se rappeler sa mission.

« On devrait, euh... chercher Asangel. Dès qu'on aura bu ce verre, je veux dire, dit-elle en arrachant son regard à celui de Gabriel.

— Tu ne penses qu'au boulot, pas vrai ? » demanda-t-il, mais il n'insista pas. Gabriel parvint à attirer l'attention d'une jolie barmaid et, en un rien de temps, le voilà qui offrait un verre à Cassie. Le cocktail était servi dans une délicate coupe d'or, remplie à ras-bord de glace pilée et garnie de fraises et de menthe fraîche.

Cassie en but une gorgée et hocha la tête en signe d'approbation, d'autant que la boisson était à la fois légère et forte. Pas trop féminine, malgré la garniture de fruits élaborée. Elle remarqua que Gabriel avait choisi de se commander un verre de porto et s'estima heureuse qu'il lui ait épargné la même chose.

« Comment est-ce que tu as fait pour savoir quoi commander pour moi ? » demanda-t-elle, curieuse.

Un large sourire jaillit sur le visage de Gabriel, et ses yeux étincelèrent. Les poumons de Cassie se serrèrent un instant devant sa beauté, et elle s'aperçut que c'était la première fois qu'elle le voyait sourire complètement.

« En fait, j'ai demandé à la barmaid ce que prend l'Oracle, reconnut-il, l'air fier de lui. Je me suis dit que tu n'étais pas du genre à aimer le porto.

— Et tu as eu raison, » dit Cassie en sirotant son verre.

Elle tourna le dos au bar et balaya la salle du regard et eut alors une idée. Elle se hissa sur la pointe des pieds en essayant de se rapprocher suffisamment de Gabriel pour que personne d'autre ne l'entende.

« Commande-nous d'autres verres, murmura-t-elle.

— Déjà ? » demanda-t-il avec un tressaillement des lèvres.

— Quand tu les commanderas, demande à la barmaid d'envoyer un verre de vin de sang à Asangel. Si tu la joues suffisamment décontractée, elle pourrait nous faciliter la tâche, » expliqua Cassie.

Gabriel hocha la tête d'un air impressionné et se détourna pour obtempérer. Cassie fit mine de se concentrer sur son verre tandis que la barmaid blonde versait du vin de sang dans un calice doré et le passait à une superbe serveuse brune. Gabriel but une gorgée de son porto et mit un nouveau cocktail dans la main libre de Cassie, engageant avec elle une conversation au sujet de la décoration de l'intérieur du bar. Gabriel se détourna de la piste de danse afin de paraître plus désinvolte, mais Cassie ne se laissa pas avoir un seul instant par ses plaisanteries.

Cassie hocha la tête et observa la serveuse par-dessus le bord de sa coupe. Lorsque la serveuse donna le calice avec un clin d'œil aguicheur, Cassie ne put s'empêcher de dévisager son destinataire.

« Est-ce que ça a marché ? Tu le vois ? demanda Gabriel.

— Euhhh... ouais, » dit Cassie en déglutissant péniblement. Ciprian Asangel, qui mesurait presque deux mètres, était un homme élancé et suave. Il avait beau être un Vampire, ses cheveux blond foncé et ses yeux bleus plissés par son sourire éclatant étaient indéniablement séduisants. Il portait un costume bleu métallisé qui semblait fait sur mesure, et le troupeau de femmes qui l'entourait semblait presque être une sorte d'accessoire, un écho de sa séduction.

Gabriel tendit le bras et le glissa autour de la taille de Cassie, l'attirant à lui pour déposer un baiser sur sa tête. Il se tourna vers elle d'un mouvement fluide, mais son sourire se fana lorsqu'il repéra Asangel.

« Bon sang, je ne m'attendais pas à ce qu'il soit à ce point... comme *ça*, marmonna Gabriel. En fait, j'espérais un peu qu'il aime les hommes. Ç'aurait été beaucoup plus facile de lui parler, comme ça. »

Cassie frotta ses lèvres l'une contre l'autre, sachant que ce qu'elle allait dire ensuite n'allait pas plaire à Gabriel.

« Je crois qu'on sait tous les deux qu'il faut que ce soit moi qui lui parle, dit-elle. Autant ne pas t'y opposer. Tu sais que j'ai raison. »

Gabriel plissa les yeux d'un air agacé, mais Cassie voyait bien qu'elle avait gagné cette manche.

« Trois minutes, dit-il. Et il ferait mieux de ne pas te toucher, pas s'il tient à ses mains.

— Respire un bon coup, soupira Cassie. Déjà, pour commencer, je ne suis même pas ta partenaire — »

Gabriel l'interrompit avec un grondement, prit sa mâchoire dans sa main et l'embrassa brièvement mais fermement. Ce bref contact fit courir un frisson le long de son échine, mais Cassie s'écarta.

« Tu n'arranges rien, lui dit-elle.

— Je n'en avais pas l'intention, rétorqua Gabriel.

— Tu n'as rien à revendiquer, là, mon pote, dit Cassie en reculant. À présent, je vais aller parler à ce Vampire sexy, et tu vas rester bien sagement ici et essayer de ne pas mettre le feu à la culotte de la barmaid. Compris ? »

Sans laisser à Gabriel le temps d'ajouter un mot de plus, Cassie le quitta et traversa la piste de danse d'un pas déterminé, en se frayant un passage entre les corps qui l'encombraient. Cassie attira aussitôt l'attention d'Asangel et eut toutes les peines du monde à s'empêcher de rougir lorsque le regard d'un bleu glacial du séduisant Vampire balaya lentement son corps de la tête aux pieds. Son appréciation semblait à la fois franche et honnête, et lorsque le regard de Cassie accrocha celui d'Asangel, elle se surprit à être flattée par l'avidité mêlée de curiosité qu'elle y découvrit.

Jouant de tous ses atouts, Cassie fit onduler ses hanches tandis qu'elle s'avançait d'un pas assuré vers le Vampire, un demi-sourire accroché aux lèvres. Son attitude pleine d'assurance avait dû fonctionner, car deux des admiratrices d'Asangel reculèrent à l'approche de Cassie, lui laissant la place de s'arrêter à moins de trente centimètres devant lui.

« Le verre est-il à votre goût ? » demanda-t-elle en posant une main sur sa hanche et en le jaugeant à son tour d'un regard appréciateur.

Asangel haussa légèrement les sourcils, et un sourire souleva les coins de ses lèvres.

« Tout à fait, dit-il avec un fort accent d'Europe de l'Est. Ce mélange est l'un de mes préférés, merci. »

Cassie lui adressa un sourire suggestif puis lui tendit la main tout en se présentant.

« Cassandra, dit-elle.

— Je sais qui tu es, Oracle, dit-il en souriant plus largement tandis qu'il lui prenait la main et appuyait de son pouce sur son poignet ganté pour caresser l'endroit où battait son pouls. Je suis Ciprian.

— Moi aussi, je sais qui vous êtes, » bluffa Cassie en lui adressant un sourire forcé. L'Oracle s'éveilla en elle, la laissant apercevoir en un éclair l'image d'un Ciprian à l'air plus doux, plus gentil, offrant son cou à une superbe brune au teint sombre. La femme de la vision haussa un sourcil et exposa ses canines, puis plongea ses dents dans le cou de Ciprian, les faisant tous deux gémir d'extase.

Cassie inspira brusquement tout en battant des cils pour chasser cette vision. Elle ne pouvait pas en avoir la certitude, mais elle pensait qu'elle venait d'assister à la transformation du Ciprian humain en Vampire. Ciprian ne cilla même pas, mais Cassie distinguait à présent un infime soupçon de canines dans son sourire.

« Mesdames, allez donc prendre un verre. Je pense que l'Oracle — Cassandra, c'est son nom, je crois qu'elle mérite bien un peu d'intimité, » dit Ciprian en congédiant sa cour d'un geste de la main.

Elles s'éclipsèrent en décochant des regards mauvais à Cassie, et Ciprian lui fit contourner la piste de danse en direction de ce qui semblait être son box privé. Ciprian la conduisit dans l'un des boxes de cuir aux hautes parois et attendit qu'elle eût contourné la table et se fût glissé à l'autre bout pour la rejoindre de l'autre côté.

Lorsque Ciprian prit place à côté d'elle, il était si proche que son genou effleurait celui de Cassie. Elle rassembla toute ses forces et conserva un visage neutre, ne lui offrant rien de plus qu'une expression d'attente. Hors de question qu'elle laisse une espèce de Vampire bizarre la prendre à rebrousse-poil, surtout s'il ne faisait que mettre son courage à l'épreuve.

« Tu désires quelque chose, Oracle. Je le sens, dit Ciprian en se penchant pour inhaler son odeur.

— Tout le monde désire quelque chose, » dit Cassie en croisant les doigts sur ses genoux et en les serrant jusqu'à ce que ses jointures blanchissent.

— Mhm, » murmura Ciprian en tendant une main pour repousser une mèche des cheveux de Cassie de sa tempe et la glisser derrière son oreille en un geste tendre. Il effleura son cou du dessus de deux doigts, la faisant sursauter. « Oui, j'imagine.

Dis-moi, Oracle, que se passerait-il si je te goûtais ? Penses-tu que je pourrais entrapercevoir mon avenir ? »

Cassie agit par réflexe et leva la main pour chasser la sienne d'un coup sec. Ciprian lui adressa une moue mécontente, mais il recula de quelques pouces.

« Tu ferais mieux d'apprendre les bonnes manières, petite voyante, l'informa-t-il.

— Jetez un coup d'œil au bar, dit Cassie, tentant aveuglément sa chance. Les trois grands gaillards à l'air menaçant qui nous dévisagent. Vous savez qui ils sont, je présume. »

Le sourire de Ciprian perdit de son éclat.

« Je me demandais bien en quoi ça intéressait les Gardiens, dit-il avec un soupir. Sans parler du fait que tu pues l'ours. »

Cassie ouvrit la bouche pour le contredire, puis secoua la tête. Mieux valait ne pas entrer dans son jeu.

« Je veux savoir où Père Mal garde ses atouts en ce moment, » dit Cassie, entrant directement dans le vif du sujet.

Les sourcils de Ciprian firent un bond et il éclata d'un rire semblable à un aboiement.

« Ah bon ? Que dit le proverbe, déjà ? Je crois qu'il dit qu'en enfer, les gens veulent de l'eau glacée, lui dit-il avec un sourire amusé. Tu serais sotte de croire que je te fournirai gratuitement des informations. »

Cassie plissa les yeux, mais elle savait que Ciprian avait raison.

« Passons un marché, alors, » suggéra-t-elle.

Ciprian lui adressa un autre sourire diabolique.

« Goûter à l'Oracle ? » demanda-t-il en remuant les sourcils.

Cassie renifla avec dédain.

« Pas question, dit-elle. Je pensais plutôt à quelque chose comme une prophétie. Une seule prophétie, quelque chose que je puisse prédire sans offrande de sang. »

À sa grande surprise, Ciprian retrouva son sérieux. Il lui lança un coup d'œil pensif, puis hocha lentement la tête.

« Moi aussi, je cherche quelqu'un, » dit-il sur le ton de la confidence. Il la prit par le poignet et l'attira à lui, lui murmurant à l'oreille : « *Kieran le Gris* ».

Un picotement d'appréhension se répandit sur la peau de Cassie en entendant ce nom. Elle arracha son poignet à l'étreinte de Ciprian, les sourcils froncés. Elle ne savait pas pourquoi, mais lorsqu'elle ferma les yeux et se concentra sur ce nom inconnu, elle se sentit tendue et inquiète.

Elle vit une paire d'yeux verts et or. Une silhouette enveloppée d'ombre et de brume... Une rue animée, pleine de fêtards et un orchestre de cuivres...

Elle ouvrit brusquement les yeux et haleta.

« Il est en ville ! dit-elle.

— Est-ce que tu sais où ? » dit Ciprian en se léchant les lèvres tout en se penchant en avant.

« Donnez-moi d'abord une adresse, dit Cassie en secouant la tête.

— Il a un paquet de domaines, dit Ciprian, levant la main lorsque Cassie ouvrit la bouche pour se plaindre. Écoute, je ne sais pas dans laquelle il retient des filles prisonnières, mais si je devais deviner, je dirais qu'il a déménagé dans un endroit lourdement gardé. Je ne peux pas te dire lequel, mais je peux te donner une liste de ses biens les plus précieux. Je vais dire à une des filles de te donner les adresses et de les donner au beau Gardien blond qui rôde dans le coin, là-bas. »

Ciprian hocha la tête, attirant l'attention de Cassie sur Aeric, qui la surveillait effectivement depuis un coin de la pièce, avec une expression dure comme l'acier.

« Très bien, dit Cassie en se retournant vers le Vampire. Votre homme est sur Frenchmen Street en ce moment, il observe la foule.

— Dis plutôt qu'il chasse, » dit Ciprian. Il adressa à Cassie un autre sourire sinistre puis, à sa grande stupéfaction, se pencha en avant pour appuyer ses lèvres contre les siennes.

« Mmph ! protesta Cassie contre ses lèvres.

— Considère ça comme une faveur personnelle, » dit Ciprian en se redressant, puis il lui adressa un clin d'œil.

Cassie ouvrit la bouche pour protester, mais une demi-seconde plus tard, on la traînait brutalement hors du box. Sans même avoir vraiment eu le temps de comprendre ce qui se passait, elle se retrouva dans les bras de Gabriel tandis que Ciprian se dirigeait vers la sortie.

« Est-ce que ça va ? s'enquit Gabriel, en l'entraînant à l'autre bout du bar pour l'installer dans un recoin faiblement éclairé. Est-ce qu'il t'a fait mal ?

— Je vais bien, dit Cassie en levant les yeux pour dévisager Gabriel tandis qu'il la piégeait contre le mur avec ses bras. Gabriel, ça va. C'est promis.

— Tant mieux, » dit-il.

Tout ce dont Cassie eut conscience ensuite, ce fut le baiser de Gabriel qui consumait chacune de ses pensées.

CHAPITRE 6

Dès l'instant où ses lèvres touchèrent celles de Cassie, Gabriel sut qu'il était perdu. Elle semblait si petite et fragile tandis qu'il l'acculait de son corps massif, avançant jusqu'à ce que son bassin et sa poitrine plaquent ceux de Cassie contre le mur. Gabriel saisit doucement sa mâchoire d'une main, soulevant son menton de son pouce, ce qui lui permit de mieux accéder à la douceur de sa bouche.

Les lèvres de Cassie s'entrouvrirent sous la langue et les dents de Gabriel, et sa langue vint à la rencontre de la sienne avec des caresses craintives. Elle s'éveilla à son contact, nouant ses bras autour de son cou et enfonçant ses doigts dans ses épais cheveux mi-longs, et l'ours en Gabriel gronda de plaisir.

Son ours intérieur, qui était d'ordinaire un partenaire silencieux dans l'existence qu'ils partageaient, manifestait de manière exceptionnellement sonore son engouement pour Cassie. L'ours en lui adorait son odeur, vanille et épices recouvrant en couches le musc de son désir. L'ours en lui adorait son corps, puissant et plantureux, et les vêtements voyants dont elle revêtait ses courbes. Plus que tout, l'ours en lui adorait sa chevelure de feu. Gabriel et son ours partageaient un intense désir de découvrir quels spectacles ils offriraient, répandus sur l'oreiller de Gabriel tandis qu'il la ferait hurler d'extase.

Il la dévorait avec ses lèvres et ses dents, sa main libre

remontant de sa taille pour soupeser l'un de ses seins tendres. Ses doigts trouvèrent son mamelon à travers le mince tissu de sa robe dorée, arrachant un halètement de surprise aux lèvres de Cassie lorsqu'il en pinça le bout durci.

Il observa attentivement son visage, essayant de jauger ce qu'elle aimait et ce qu'elle pourrait supporter. Sa queue durcit face au désir qui embrasa le regard de Cassie sous sa caresse espiègle et rude. Si elle aimait ça, ils seraient effectivement bien assortis.

Écartant toute idée d'accouplement et de compatibilité, Gabriel décida de voir jusqu'où Cassie le laisserait aller. Si elle aimait bien pimenter un peu les choses, Gabriel ferait tout ce qui était en son pouvoir pour la ravir.

La musique tonnait autour d'eux, et la pièce s'assombrissait tandis que les danseurs se déhanchaient au rythme de ses pulsations. Gabriel pencha la tête de Cassie plus loin en arrière et traça une ligne de morsures de son épaule à sa mâchoire, puis suça le lobe de son oreille jusqu'à ce qu'elle gémisse et que sa poitrine se soulève et s'abaisse délicieusement. Il passa ses mains sur ses seins et glissa ses doigts sous le décolleté plongeant de sa robe, effleurant la peau nue qu'il y rencontra.

Les mains de Cassie exploraient tout son corps, lui griffant le dos de ses ongles à travers sa veste de smoking. Elle sortit sa chemise de son pantalon de costume et glissa ses mains dessous, explorant son ventre, ses flancs et son dos en caresses audacieuses. L'une de ses mains descendit pour se poser sur son érection à travers son pantalon, et l'intérêt embrasa son regard lorsqu'elle en découvrit la longueur et la taille.

Son exploration hésitante, la manière dont elle se passa la langue sur la lèvre inférieure tandis qu'elle lui palpait la queue, la vive rougeur sur ses joues et sa poitrine... Gabriel dévora son désir, en l'embrassant et en faisant aller et venir ses mains le long de ses cuisses. Il passa ses ongles sur le tissu métallisé, en saisit une poignée dans chaque main, et fit lentement glisser le devant de la robe de plus en plus haut jusqu'à ce que ses mains rencontrent de la peau lisse et nue.

Cassie émit un petit bruit, bien que Gabriel de sût pas s'il s'agissait d'excitation, d'incertitude ou des deux à la fois.

« Chuuuut, » murmura-t-il en rompant le baiser, appuyant son front contre le sien.

Cassie se raidit très légèrement lorsqu'il posa sa main sur son intimité, repliant les doigts pour effleurer son sexe à travers sa culotte.

« Gabriel ! murmura-t-elle en levant les yeux vers lui, le souffle court. Il y a des *gens* ici !

— Ah oui ? » demanda Gabriel, en faisant glisser ses doigts plus haut jusqu'à ce qu'il tire sur l'élastique de sa culotte. Je crains fort de n'avoir d'yeux que pour une seule personne.

— Mais ils peuvent nous voir ! Ils peuvent me voir, dit Cassie en se mordant la lèvre.

— Je doute d'être le seul métamorphe qui tripote sa partenaire dans cette pièce, » dit Gabriel en haussant un sourcil espiègle.

Les coins de la bouche de Cassie s'abaissèrent en une moue.

« Je ne suis pas ta partenaire, dit-elle gravement.

— Cass... » Gabriel s'interrompit et lui donna un baiser farouche et passionné, tandis que ses doigts redescendaient le long de sa culotte, explorant l'endroit où le tissu adhérait à son sexe humide. Cassie soupira contre lui et fit onduler son bassin. Gabriel écarta le tissu pour toucher ses lèvres inférieures chaudes et humides, ponctuant leur baiser de grognements tandis qu'il la touchait pour la première fois. Il déplaça son corps de manière à barrer la vue de tout observateur, désireux que rien ne vienne gâcher la perfection de ce moment.

Il sentit la résistance en elle disparaître tandis qu'il glissait le bout d'un seul doigt inquisiteur vers le haut. Il décrivit lentement un cercle contre son clitoris et Cassie rompit le baiser, rejetant la tête en arrière et la cognant contre le mur. Elle ne tressaillit même pas ; elle émit un balbutiement haletant et une série de petits *mmmm* sexy qui rendirent Gabriel foutrement dingue.

À la manière dont Cassie lui trempait les doigts à ce simple contact infime, Gabriel sut qu'il fallait qu'il en prenne davantage, qu'il lui en donne davantage. Il passa sa langue sur les courbes sensibles de son oreille, mordant vivement le lobe tandis qu'il glissait un doigt épais dans son fourreau incroyablement étroit. Elle arqua le dos tandis que son corps recevait son invasion et cette fois, elle poussa un cri. Ses mains en coupes vinrent se poser sur ses propres seins à travers sa robe, et Gabriel aurait voulu que ce fichu vêtement ne fût pas si chic, car il n'avait qu'une envie, celle de le lui arracher pour prodiguer à chacun de ses seins des caresses de sa bouche.

« Putain, j'ai tellement envie de toi, Cass, murmura Gabriel contre son oreille.

— Prends-moi, soupira-t-elle. Je m'en fous, je te jure. »

Pendant un très bref instant, Gabriel l'envisagea. Ouvrir sa braguette et baiser Cassie là, contre le mur, était l'un des trucs les plus excitants qu'il puisse imaginer. Sa queue en palpita de désir. Mais Cassie serait un jour sa partenaire, et il était hors de question que leur première fois ait lieu devant un public. L'idée était tentante, mais ce n'était pas la chose à faire.

À la place, il glissa un second doigt au plus profond de son passage, tournant sa main vers le haut afin de pouvoir lui masser le clito de son pouce. Il fléchit ses doigts et les fit aller et venir, caressant ses parois intérieures jusqu'à ce qu'il ait la paume recouverte de son excitation. Cassie haletait et donnait des coups de reins contre sa main.

« Tu vas jouir pour moi, Cass, l'encouragea Gabriel tout en stimulant son clito et son ouverture, sachant qu'elle n'était qu'à quelques secondes de craquer. N'est-ce pas, chérie ? Je sais que tu y es presque... »

Gabriel baissa la tête et la mordit fort et longuement, juste à la jonction de son cou et de son épaule. Cassie frémit et poussa un cri tandis que ses muscles les plus profond se contractaient en vagues successives, puis elle explosa, en convulsant étroitement autour de ses doigts.

« Bon sang, Gabriel, » murmura-t-elle tandis qu'il se retirait doucement et remettait sa culotte en place avant de laisser l'ourlet de sa robe retomber à ses pieds.

Il glissa ses bras autour de la taille de Cassie, la gardant dans leur bulle intime encore quelques instants. Cassie chercha ses lèvres pour un tendre baiser, puis laissa sa tête reposer contre son torse. Gabriel enfouit son nez dans ses cheveux d'un roux éclatant, en évitant le délicat ornement d'or qui encerclait sa chevelure. Il inspira à pleins poumons son parfum grisant, tandis qu'il sentait s'insinuer en lui l'impression qu'il venait tout juste de parvenir à changer les choses entre eux de manière drastique.

La pulsion de s'emparer d'elle croissait à chaque instant, le besoin s'intensifiait en la touchant, en la regardant crier et atteindre la jouissance dans sa main. Son œuvre. Sa partenaire.

« Gabriel ? » Les lèvres de Cassie bougèrent contre son torse, et sa voix était si faible qu'il parvint à peine à l'entendre par-dessus la musique.

« Oui, darling ? » Le mot lui échappa pour la deuxième fois en quelques minutes, et Gabriel se surprit à grimacer.

« Tu me ramènes à la maison ? Au Manoir, je veux dire, » dit-elle en laissant sa tête basculer de côté de sorte que Gabriel put voir son expression. Elle était différente de celles qu'il lui avait vues auparavant. Fatiguée, mais surtout... vulnérable.

Une minuscule part de Gabriel lui criait de s'enfuir, de prendre ses jambes à son cou avant de tout gâcher, avant d'avoir fait du mal à une créature aussi parfaite. Mais la majeure partie de lui, la partie égoïste, avide et seule, se contenta de lui adresser un frêle sourire et un hochement de tête.

« Bien sûr, » dit-il en la soulevant dans ses bras.

Cassie s'accrocha à lui tandis qu'il l'emportait hors du club, sans même s'arrêter pour retrouver les autres Gardiens avant de héler leur voiture. Lorsqu'il monta sur la banquette arrière du 4x4, Cassie dormait déjà comme une souche dans ses bras, un sourire aux lèvres.

Il était plus déchiré qu'il ne l'avait jamais été. Même lorsqu'il avait été au plus bas et qu'il avait vendu sa vie à Mère Marie en échange de celle de sa sœur, il avait su ce qu'il devait faire. C'était lui qui avait tué sa sœur, en jouant avec une magie qu'il ne pouvait pas contrôler ; il aurait donné n'importe quoi pour sauver Caroline et il avait payé sa stupidité au prix fort. Son ancienne vie n'était plus, et à présent...

Désormais, il n'était plus un homme libre. Il était avant tout un Gardien. Choisir ou rejeter Cassie aurait dû être assez simple, une décision bien réfléchie prise après avoir pris en compte ses erreurs passées et sa loyauté envers Mère Marie.

Il n'aurait jamais dû poser le doigt sur Cassie, avec ou sans l'appel de l'accouplement.

Mais il la regarda alors, et quelque chose en lui refusa de la repousser. En l'espace de quelques jours, il avait commencé à prendre conscience de lui-même, la conscience d'être autre chose qu'un ours métamorphe qui désirait sa partenaire. Il la désirait, tout entière, mais il avait déjà prouvé une fois qu'on ne pouvait pas lui faire confiance pour prendre soin d'une femme, quelle que fût l'intensité de ses sentiments pour elle.

Gabriel était mort, semblait-il. C'était la seule manière d'expliquer le fait qu'on lui ait donné une partenaire, ce qui était déjà assez rare en soi. Mais *cette* partenaire, cette beauté délicate, qui suffisait à l'inciter à des péchés de n'importe quelle ampleur — la mort elle-même était la seule explication à cet étrange retournement de situation. Le seul problème était que s'il était effectivement mort, il ne savait pas encore avec certitude s'il était au paradis ou en enfer.

En baissant les yeux sur la femme endormie dans ses bras, Gabriel fut absolument incapable de choisir.

« Regardez un peu qui est enfin debout ! » La réprimande espiègle d'Écho fut la première chose que Gabriel entendit lorsqu'il entra dans la salle commune un jour et demi plus tard.

Après son petit tête-à-tête avec Cassie au club, Gabriel avait fini par la border dans le lit de la chambre d'amis de son étage du Manoir. Lorsque Gabriel était retourné dans sa propre chambre, il était tout juste parvenu à retirer son nœud papillon avant qu'Aeric ne lui envoie un SMS l'avertissant d'une urgence Kith. Tout le monde sur le pont, pour les Gardiens.

Gabriel, Aeric, and Rhys se retrouvèrent bloqués par une attaque de Vampires, un signalement d'activité suspecte dans le Cimetière St Louis n°1 qui s'avéra n'être qu'une bande de gosses humains qui faisaient les idiots. Ils avaient ensuite passé un long moment à poursuivre et à capturer un loup-garou hors de contrôle qui s'était échappé près d'une école primaire. En plus de ça, Gabriel n'avait raflé que quelques heures de sommeil avant sa patrouille, aussi, lorsqu'il s'était glissé dans son lit à l'aube, avait-il dormi beaucoup plus tard que d'habitude.

Gabriel regarda la montre à son poignet.

« Quoi, il n'est que... deux heures de l'après-midi, » dit-il à Écho en entrant dans le coin cuisine.

Il faillit s'arrêter net face à la vision qui l'accueillit. Écho et Aeric étaient assis sur des tabourets à l'îlot de cuisine et observaient attentivement Rhys et Cassie, qui portaient des tabliers assortis, bleus et blancs à pois. Le tablier allait bien à Cassie, c'était même mignon, mais Rhys le faisait paraître minuscule, d'une manière incroyablement drôle. D'après l'expression du visage d'Écho, Gabriel devinait qu'elle avait forcé son partenaire à le porter, et admirait désormais son œuvre.

Cassie et Rhys étaient penchés sur la cuisinière face à l'îlot de cuisine, chacun remuant son énorme casserole odorante de liquide brun. Duverjay rôdait derrière eux et les observait d'un air anxieux. Gabriel n'aurait su dire s'il redoutait la pagaille qu'ils allaient mettre ou s'il craignait que quelqu'un puisse le remplacer en tant que meilleur cuisinier du Manoir, mais le majordome paraissait complètement aux abois.

« Qu'est-ce que vous fabriquez tous ? » demanda Gabriel en s'approchant pour prendre place sur un siège vide au bar.

« Ta dame nous apprend à faire du gombo, » dit Rhys. Gabriel réprima un demi-sourire en entendant la manière dont le Scot prononçait ce mot créole, lui donnant une tonalité tout à fait inconnue.

Cassie croisa le regard de Gabriel et lui adressa le plus bref des sourires, puis baissa à nouveau les yeux vers sa propre casserole.

« Mélange ! réprimanda-t-elle Rhys. Ne laisse pas ton roux brûler.

— Écho, tu ne participes pas à la compétition ? demanda Gabriel. Tu es du coin. Est-ce que tous les natifs de la Nouvelle-

Orléans ne connaissent pas tous les classiques créoles dès la naissance ? »

Rhys laissa échapper un ricanement qu'il essaya – sans succès – de faire passer pour une toux. Écho lui tira la langue avant de répondre.

« En fait, je ne suis pas très douée pour la cuisine.

— Elle a fait brûler de la soupe la semaine dernière, annonça Duverjay à tout le monde, s'attirant lui aussi un regard furieux de la part d'Écho. De la soupe en conserve.

— Les soupes à base de crème demandent plus d'attention, et j'ai été distraite par *quelqu'un*, protesta Écho en foudroyant Rhys d'un regard plein de ressentiment. Ce n'était pas ma faute. »

Aeric émit un bruit amusé, ce qui constituait à peu près son niveau habituel d'interaction en situation de groupe. Gabriel porta un instant son attention sur le Gardien blond, se demandant comment il en était arrivé à s'isoler à ce point. Cependant, Cassie s'empara presque aussitôt de son attention.

« C'est ça, c'est ça ! s'écria-t-elle en donnant un coup de coude à Rhys. Remue plus vite ! Duverjay, apportez les légumes. C'est l'heure de la sainte trinité.

— Pardon ? demanda Gabriel tout en se penchant en avant pour jeter un coup d'œil au contenu de la casserole de Cassie. Tu vas prier sur de la soupe, alors ?

— Déjà, le gombo n'est pas de la soupe, » rétorqua Cassie en fouettant furieusement. Elle s'interrompit pour laisser Duverjay déverser dans la casserole un tas de légumes en morceaux qui occupait la moitié d'une planche à découper. « Duverjay, on va avoir besoin de cuillères en bois, à présent. Et Gabriel, la sainte trinité, c'est l'oignon, le poivron, et le céleri. C'est la base de toutes les recettes créoles.

— Et pas l'ail ? » demanda Écho, tout en regardant Rhys accepter de Duverjay le même ensemble de légumes. Le majordome tendit à Cassie et Rhys une cuillère chacun.

« Mélange, mais lentement, » intima Cassie tout en montrant à Rhys comment faire. Elle lança un coup d'œil à Écho et lui sourit avec douceur. « Il ne faut pas mettre l'ail trop tôt, sinon il prend le dessus sur tout le reste. On va faire cuire ça pendant deux heures, tout comme ma mère me — »

Cassie se tut et s'éclaircit la gorge, interrompant brusquement sa phrase. Le silence s'alourdit dans la pièce pendant de longs instants jusqu'à ce qu'Écho le rompe.

« Au moins, tu sais cuisiner ! dit Écho d'un ton un tantinet trop guilleret. Franchement, tu m'impressionnes, là.

— Ça sent bon, » ajouta Aeric.

Gabriel ne pouvait qu'acquiescer. Il n'avait mangé du gombo qu'une fois depuis son arrivé, mais le goût était loin d'être aussi bon que l'odeur de la concoction inachevée de Cassie.

« Encore deux heures avant que ce soit prêt, hein ? dit-il, déçu.

— Je crois que Duverjay nous a préparé des amuses-bouches, » dit Écho à Gabriel. Tout le monde la dévisagea d'un air perplexe, et elle précisa : « De la charcuterie, du fromage, des crackers et tout ça. Des olives, des confitures, du raisin et tout... Écoutez, ce n'est pas moi qui ai choisi le nom !

— Je crois qu'on peut ajouter du bouillon de poule et laisser tout ça cuire, à présent, dit Cassie. Mes bras commencent à fatiguer de toute façon. Je devrais faire du gombo tous les jours, pour me muscler les bras.

— Si vous avez terminé, peut-être que vous devriez laisser Duverjay s'occuper de remuer et tout ça. On dirait qu'il a envie de se rendre utile, dit Écho, s'attirant un coup d'œil reconnaissant de la part du majordome silencieux. On devrait passer au salon. »

Une fois que Cassie et Rhys eurent cédé leurs cuillères en bois à Duverjay, le groupe se déplaça vers les divans du salon. Une ottomane constituait un bon endroit où poser l'énorme plateau d'amuses-bouches et plusieurs assiettes, aussi le groupe se rassembla-t-il autour et choisit-il ses sièges en conséquence. Aeric prit le seul siège pour une personne, et Écho et Rhys s'emparèrent du plus grand des divans, pour se blottir l'un contre l'autre sans le moindre remords.

Après s'être regardés intensément dans les yeux pendant un instant, brièvement figés, Gabriel et Cassie se retrouvèrent ensemble sur une causeuse. Les larges hanches et l'ample jupe de Cassie, ajoutée à la silhouette musclée de Gabriel, signifiait qu'ils étaient pratiquement collés l'un à l'autre. À la seconde où leurs cuisses se touchèrent, Gabriel inspira une profonde goulée du doux parfum de Cassie et il perdit complètement le fil de la conversation.

« Tu as goûté celui-là ? demanda Cassie, en donnant un coup de genou dans celui de Gabriel tout en désignant du doigt un morceau de fromage qui tombait en miettes sur son assiette.

— Non. Je devrais ? » demanda Gabriel en haussant un sourcil.

Cassie arbora une moue comique et secoua la tête.

« Il est *vraaaaaiiiiiiiiment* fort, dit-elle. Mais les noix de pécan confites sont bonnes.

— Ça me rappelle Londres quand j'étais petit, dit-il en désignant du doigt un cheddar anglais au goût puissant. Ils appelaient ça un petit-déjeuner rustique. Une tranche de pain, un morceau de fromage, et une pinte de bière.

— Je ne savais pas que tout le monde était aussi bien nourri, » dit Cassie. Elle se figea une seconde après l'avoir dit, réalisant manifestement à quel point ce qu'elle avait dit semblait déplacé, mais Gabriel se contenta de glousser.

« On ne l'était pas, crois-moi. Mais ma sœur avait un truc... »

Duverjay apporta des verres de vin sur un plateau, et Cassie et Gabriel en acceptèrent chacun un. Duverjay leur servit un vin rouge sec, mais aucun des deux n'en but tout de suite.

« Les gens lui donnaient de la nourriture, comme ça ? demanda Cassie, l'air surpris.

— Ah, non. Elle chapardait. Elle était capable de voler pratiquement tout ce qui n'était pas rivé au sol, se souvint Gabriel avec un sourire.

— C'est génial. Enfin, je veux dire, c'est pas extraordinaire, mais ... je suis contente qu'elle ait subvenu à vos besoins, à tous les deux. Tu as dit qu'elle s'appelait comment, ta sœur ? demanda Cassie.

— Caroline, dit Gabriel, qui sentit ce nom rester légèrement coincé dans sa gorge.

— Eh bien, à Caroline, dit Cassie en faisant tinter son verre contre celui de Gabriel. Elle a l'air formidable. La famille, c'est... eh bien, je n'ai pas encore la mienne, mais c'est ce qu'il y a de plus important au monde.

— J'ai perdu mes parents très jeune et je n'avais que Caroline. Elle était formidable, mais j'ai toujours souhaité... » Gabriel ne parvint pas à terminer sa phrase, ne sachant pas trop où elle allait mener.

— Je n'étais pas très bien lotie en termes de parents, moi non plus, dit Cassie en lui lançant un regard compatissant. Je me suis toujours dit... j'en sais rien. Que je ferais mieux avec ma propre famille, tu vois ? C'est tout ce que je peux faire.

— En effet, » dit Gabriel en remuant sur place. Le fait de parler à sa soi-disant partenaire liée par le destin de la famille qu'elle voulait avoir un jour le mettait mal à l'aise, surtout parce que Gabriel lui-même désirait désespérément la même chose. Cependant, entre eux, c'était trop récent, trop incertain, pour avoir cette discussion-là. Un jour, peut-être...

Gabriel faillit gémir face à sa propre indécision. Il la voulait, il ne la voulait pas. Il avait envie de la baiser et ensuite il pensait à ses futurs enfants... C'était ridicule. Il fallait qu'il se reprenne et qu'il arrête de se comporter comme un gamin transi d'amour.

Cassie n'était qu'une fille comme toutes les autres. Peut-être qu'elle était plus belle, plus captivante que la plupart des filles. Et son odeur... ouais, Gabriel bandait pour elle à longueur de journée.

Mais ça n'impliquait pas un engagement de toute une vie, si ? Ça ne signifiait pas qu'il pouvait laisser Cassie compter sur lui, alors qu'il allait forcément finir par la décevoir.

La conversation tournoyait en tous sens autour de lui, et il lui fallut quelques instants pour s'en imprégner complètement. Il avait une superbe rousse à ses côtés, si proche de lui qu'il pouvait sentir sa chaleur. Il avait les autres Gardiens pour assurer ses arrières. Il avait un travail, et un foyer. Il avait un majordome, nom de Dieu. Il aurait dû avoir l'impression d'être l'homme le plus chanceux au monde, surtout en tenant compte de ses humbles débuts.

Alors pourquoi avait-il l'impression d'être à ce point insuffisant, à ce point inachevé ? Et pourquoi, oh, pourquoi le sentiment même d'être incomplet attirait-il son regard droit sur Cassie ?

Tout en buvant son vin à petites gorgées, Gabriel s'obligea à revenir à la conversation, refusant de réfléchir à ce sujet ne fût-ce qu'un instant de plus. Cassie était belle, drôle et gentille, mais elle n'était rien de plus. Pas pour lui.

Gabriel ne prendrait jamais de partenaire, pour son bien à elle comme pour son propre bien.

CHAPITRE 7

« Si seulement je pouvais… trouver… » marmonna Cassie pour elle-même, en déployant doucement une carte qui tombait en miettes sur l'immense table de lecture du bureau de Gabriel.

Au cours de la semaine passée, elle avait commencé à prendre ses aises dans la chambre d'amis de Gabriel et son vaste séjour. Il consistait en une paire de bureaux entassés contre la fenêtre, deux fauteuils poussiéreux et une collection labyrinthique de ressources de recherche. Gabriel avait rempli pratiquement chaque pouce exploitable de la pièce de bibliothèques allant du sol au plafond, de rangées de cartes et de rouleaux de parchemin et de tables encombrées de toutes les sortes d'instruments magiques connues des hommes et des Kith. L'immense fenêtre était recouverte par des rideaux occultants, ce qui rendait quasiment impossible le fait de trouver quoi que ce fût ; Cassie avait mis plus d'une heure à trouver le document qu'elle était en train d'examiner, et cela n'était arrivé qu'après avoir passé des jours à apprendre le « système » d'organisation de Gabriel.

« Aha ! dit Cassie en choisissant un minuscule point sur la carte et en le tapotant du bout du doigt.

— Qu'est-ce que tu as découvert ? »

Cassie fit volte-face en entendant la voix grave et

chaleureuse de Gabriel. Il l'observait, appuyé contre une bibliothèque, vêtu d'un T-shirt blanc moulant et d'un pantalon de survêtement gris à la taille basse. Son T-shirt était humide de transpiration par endroit, moulant chaque pouce sculpté des bras, des épaules et du torse de Gabriel. Une infime portion de peau était exposée entre l'ourlet de son T-shirt et son survêtement, et Cassie dut lutter pour s'empêcher de la fixer.

Aucun homme n'aurait jamais dû être si séduisant ni sentir si bon en sortant d'une séance de sport, mais c'était le cas de Gabriel. Maudit soit-il.

« Ohhh... dit-elle pour se donner le temps de se remettre au lieu de baver comme une idiote. Je faisais des recherches sur les Portes de Guinée, le supposé passage vers le royaume des esprits. Père Mal est obsédé par les Portes, et j'ai commencé à me dire...Si jamais elles sont réelles, peut-être qu'elles correspondent à d'autres lieux de pouvoir.

— Et lesquels ? » demanda Gabriel en croisant les bras. L'ourlet de son T-shirt se souleva encore d'un centimètre. Un centimètre difficile à manquer.

Cassie prit un instant pour lisser sa robe d'été Alice + Olivia ornée de motifs aux couleurs vives et de tirer sur ses gants de dentelle blanche qui montaient au-dessus de ses coudes, tout en se demandant si elle pourrait un jour porter à nouveau des vêtements ordinaires. Gabriel était tout simplement trop canon dans toutes sortes de vêtements, et Cassie ne pouvait pas supporter l'idée d'être moins bien habillée que lui. Bien sûr, cela signifiait qu'elle passait beaucoup de temps à se pomponner... mais d'un autre côté, elle *aimait* aussi se pomponner et se sentir féminine.

« Cass ? insista Gabriel.

— Hein ? Oh, euh... j'ai trouvé quelques différentes cartes de la Nouvelle-Orléans en ligne. Des cartes des scènes de crimes, des cartes des cimetières, d'anciennes cartes des ports fluviaux qui montrent comment la ville était organisée autrefois. Là, regarde, » dit-elle en tendant la main vers une liasse de papiers qu'elle avait imprimés sur internet. Elle les étala sous les yeux de Gabriel. « Sur la carte des scènes de crime, j'ai marqué les endroits où les crimes paranormaux sont les plus fréquents. Sur cette carte, j'ai marqué les endroits où les Kith se sont installés en premier, un peu partout dans le Quartier Français et le long du fleuve. Et ici, sur la carte des cimetières, tu vois où certains des plus importants Barons, prêtres et prêtresses sont prétendument enterrés.

— Ces points sont les mêmes sur toutes les cartes, dit Gabriel, dont le sourcils s'arquèrent tandis qu'il intégrait ses découvertes.

— Ouais. Alors regarde celle-ci, dit-elle en passant à la grande carte qu'elle avait examinée plus tôt. Celle-ci indique où les vieilles familles riches se sont installées ici, quand la Nouvelle-Orléans était encore entourée de plantations.

— En quoi est-ce qu'elles sont liées les unes aux autres ? demanda Gabriel.

— Eh bien, j'ai fait quelques recherches sur Père Mal. Il est obsédé par son histoire personnelle et celle de ses ancêtres. Donc j'ai fouiné un peu, j'ai secoué un ou deux vendeurs du Marché Gris que je connais, et j'ai demandé un peu partout ce qui se murmurait au sujet de l'origine des siens. J'ai croisé les emplacements de certaines des plantations plus anciennes avec les endroits où lui et sa famille ont prétendument vécu et travaillé et j'ai comparé le tout à la liste des propriétés que Ciprian nous a donnée. »

Gabriel l'examina un instant, l'air un peu surpris.

« Quoi ? dit Cassie, feignant d'être offensée. Je ne suis pas une diseuse de bonne aventure idiote, tu sais.

— Je n'ai jamais pensé ça une seule seconde, promit Gabriel, dont les lèvres s'incurvèrent en un sourire. Alors ? Qu'est-ce que tu en as conclu ?

— Alors, *regarde*, dit Cassie en désignant le même point sur cinq cartes différentes. Juste là, sur ce qui est désormais Prytania Street. Il paraît que la mère de Père Mal travaillait à la Plantation Foucher. Tout près de là, il y a un cimetière où se trouvent plusieurs tombes importantes, peut-être même celle du Baron Samedi lui-même. »

Gabriel haussa les sourcils.

« Baron Samedi, c'est celui qui a inventé cette charade sur les Portes de Guinée. "Sept nuits, sept lunes, sept portes, sept tombes," tu te rappelles ? Il faut vraiment que tu te tiennes jour, soupira Cassie. Enfin, bon, dans les quelques pâtés de maison environnants, il y a aussi un haut lieu du crime paranormal, une maison où les premiers Vampires arrivés à la Nouvelle-Orléans conservaient leurs cercueils, et un cimetière Indien.

— Et les adresses de Père Mal ? »

Cassie laissa tomber son doigt sur la carte la plus proche, rayonnante de fierté.

« En plein milieu de tout ça, bien sûr, fanfaronna-t-elle. Il a un certain nombre de propriétés dans ce coin-là, mais d'après les archives publiques, c'est l'une des plus anciennes maisons encore debout en ville. Je crois qu'il ne s'agit pas seulement d'un investissement. Je crois que c'est personnel.

— Et tu penses... quoi, qu'il aurait installé la nouvelle Cage à Oiseaux dans un endroit qui compte pour lui ? dit Gabriel en rassemblant les pièces du puzzle.

— Je crois que Ciprian a dit qu'il aurait choisi un endroit avec un fort dispositif de sécurité, bien protégé. Je crois qu'il protégerait un endroit qui compte beaucoup pour lui, pas vrai ? Surtout si vous l'avez déjà chassé de son site précédent. » Elle s'interrompit pour reprendre son souffle, pensive. « En fait, c'est Alice qui l'a fait. C'est elle qui a lancé la fusée de détresse.

— Une de tes amies, j'imagine ?

— Probablement ma seule véritable amie, admit Cassie en haussant les épaules.

— Ce n'est pas vrai. Tu es mon amie. Et celle d'Écho et de Rhys, dit Gabriel. Et pour une raison inconnue, Cairn a l'air d'être attiré par toi. Ce satané chat n'aime personne en dehors de toi et de Mère Marie. »

Cassie réprima un gloussement lorsque Cairn se leva de la bibliothèque sur laquelle il était roulé en boule, juste derrière Gabriel. Cairn posa sur Gabriel un regard hautain et tendit une patte, faisant tomber du haut de l'étagère un livre qui paraissait lourd. Gabriel sursauta et se retourna pour lancer un regard mauvais au chat, qui s'éclipsa.

« Fais gaffe à lui, l'avertit Cassie avec un grand sourire. C'est un sacré roublard. »

Gabriel marmonna un juron et secoua la tête.

« Eh bien, c'est de l'excellent travail. Tu devrais vraiment envisager de faire des recherches sur le plan professionnel, dit-il. Euh, non que tu aies besoin d'un boulot. »

Une gêne s'installa entre eux et Cassie faillit gémir tout haut.

« Merci, soupira-t-elle. Alors, on peut aller sortir Alice de la Cage à Oiseaux maintenant, oui ou non ? »

Gabriel fronça un instant les sourcils.

« Je vais devoir en parler aux autres Gardiens. On ne fonce pas dans le tas sans un plan solide, et on n'emmène pas nos... » Il s'interrompit, et le mot *partenaire* resta suspendu dans l'air entre eux avant qu'il ne rectifie ses propos. « Les Gardiens entrent seuls. On ne veut pas devoir vous défendre et attaquer les hommes de Père Mal en même temps.

— Tu me vexes, là ! Je suis capable de me défendre toute seule. Ou du moins, l'Oracle en est capable. Elle ne compte pas les laisser me faire du mal, je peux te l'assurer.

— Je crains fort que ça soit loin de suffire à me rassurer, » dit Gabriel avec un sourire dubitatif. Il la dévisagea une seconde de trop, les yeux baissés sur sa poitrine, puis s'éclaircit la gorge et tendit la main pour lui tapoter maladroitement le bras. « Beau boulot, pour les cartes, ceci dit. »

Cassie soupira, frustrée par ce bref contact de sa part. Il avait fait ça toute la semaine, la reluquer quand il pensait qu'elle ne le regardait pas, puis faire semblant d'être complètement professionnel l'instant d'après. Après la manière dont il l'avait touchée au Bellocq, Cassie s'était dit qu'il serait peut-être au moins intéressé par la naissance de quelque chose de physique entre eux. Mais non. Même pas un baiser sur la joue depuis.

Sans parler du fait que Cassie avait surpris Gabriel en train de se rajuster le pantalon pour dissimuler son érection un nombre incalculable de fois au cours des derniers jours. Elle plissa la bouche et décida de le mettre à l'épreuve, de voir à quel point au juste ses sentiments envers elle étaient *professionnels*.

Gabriel se détourna pour quitter la pièce, mais Cassie

s'avança droit vers lui, saisit l'ourlet de son T-shirt et tira dessus pour l'arrêter.

« Attends, » dit-elle avec douceur.

Gabriel se retourna, et son expression passa de la surprise à l'avidité puis à la culpabilité en l'espace de quelques secondes.

« Cass, » dit-il en refermant ses doigts autour de sa main. Il regarda fixement sa main pendant quelques instants, l'air indécis, puis la leva et déposa un baiser sur son poignet, à l'endroit exact où battait son pouls. Lorsqu'il la lâcha, Cassie renversa la situation en le prenant par le poignet pour l'attirer brusquement contre son corps.

Évidemment, sa taille plus imposante signifiait que Cassie avait surtout attiré son corps à elle contre le sien, mais c'était sans importance. Elle jeta ses bras autour de son cou et se dressa sur la pointe des pieds pour plaquer ses lèvres contre les siennes. Gabriel resta immobile pendant un bref instant, puis il répondit avec un grognement et approfondit le baiser.

En quelques instants, ils furent à bout de souffle, accrochés l'un à l'autre, avides l'un de l'autre. Écarter ses lèvres de celles de Gabriel tua pratiquement Cassie, mais il fallait qu'elle comprenne ce qu'il y avait entre eux.

« Pourquoi est-ce que tu évites ça ? demanda-t-elle en scrutant son visage tandis qu'elle s'efforçait de reprendre son souffle. Je sais que tu as envie de moi dans ce sens-là. »

Elle effleura ses lèvres des siennes, consciente du fait qu'il bandait désespérément.

« Cass, Cass, dit-il, son désir tout aussi évident dans son regard. Je — je ne suis pas sûr de pouvoir avoir une partenaire. C'est... je ne peux pas... »

Cassie effleura ses lèvres d'un autre baiser.

« J'ai pas besoin que ce soit pour toujours, dit-elle. Peut-être que je ne suis pas le genre de fille qu'on garde pour toujours. »

Gabriel recula, et son expression s'assombrit.

« Ne dis pas ça, gronda-t-il. Tu n'es pas une espèce de... »

Cassie aurait pu sourire que les mots lui manquaient pour la décrire s'il ne l'avait pas agacée à ce point à cet instant.

« Peut-être que c'est toi qui n'es pas si désinvolte ! s'emportat-elle, avant d'éclater d'un rire amer à ses propres paroles. Non, en fait, je retire. D'après Cairn, tu enchaînes les coups d'un soir depuis la seconde où tu es arrivé à la Nouvelle-Orléans. »

Gabriel eut la décence de paraître un peu honteux.

« Pas depuis que tu es arrivée au Manoir, protesta-t-il.

— Et tu crois que ça me réconforte ? Tu veux bien baiser tous ces... coups d'un soir anonymes ! Mais moi ? Non, non. Moi, tu ne me toucherais même pas avec des pincettes. » Elle s'écarta de son étreinte, les sourcils froncés. « Si ce n'est pas une question d'attirance et qu'il ne s'agit pas non plus d'aversion pour... l'activité physique, je vais devoir en conclure que tu ne m'apprécies pas en tant que personne. »

Gabriel ouvrit la bouche, l'air abasourdi.

« C'est un énorme tissu de conneries ! aboya-t-il. Bien sûr que je t'apprécie. Je fais plus que t'apprécier.

— Vraiment ? ricana Cassie. Prouve-le ! »

Elle avait cru qu'il prendrait son défi comme une invitation à consommer sur-le-champ ce qui couvait entre eux, quelle qu'en fût la nature, mais bien évidemment, Gabriel la surprit. Ce satané mec avec son stupide esprit tendre et romantique.

« Un dîner, » dit-il en la saisissant par le poignet et en l'attirant à lui. Son expression furieuse contrastait avec ses paroles, et Cassie le dévisagea avec perplexité.

« Tu penses à manger dans un moment pareil ? demanda-t-elle.

— Non, je — Gabriel s'interrompit et poussa un grondement, dévoilant l'espace d'un instant une rangée étincelante de dents parfaitement blanches. — Arrête de me distraire. J'essaie de te proposer un rendez-vous en bonne et due forme, ma belle.

— Un rendez-vous ? répéta Cassie en haussant les sourcils.

— Oui. Pour te courtiser, tout ça. Toi, moi, une robe chic, un restaurant plus chic encore, dit-il lentement, d'un ton à deux doigts de la moquerie. On mange des plats, je les paie. On discute et... tout ça. »

Cassie laissa échapper un rire incrédule.

« Euh... d'accord. Je ne sais même pas si tu saurais quoi faire de ta carcasse pendant un diner, mais ça m'intéresse beaucoup de te voir essayer, rétorqua-t-elle.

— Très bien ! Je passerai te prendre à la porte de la chambre d'amis, grommela Gabriel. À huit heures pile.

— Très bien ! » dit Cassie en lui lançant un coup d'œil offusqué. Elle s'arracha à son étreinte. « On se voit à huit heures ! »

Sans un regard en arrière, Cassie sortit dans le couloir au pas de charge et ne s'arrêta pas avant d'avoir fermé la porte de la chambre d'amis derrière elle. Ce ne fut qu'alors qu'elle prit le temps, adossée à la porte, de penser à ce qui venait de se produire.

« J'ai... un rencard ? se demanda-t-elle tout haut. Je ne sais même pas ce que c'est que d'avoir un rencard d'adultes ! »

L'excitation, la nervosité et la joie la submergèrent toutes en même temps. Cassie enfouit son visage entre ses mains et poussa un petit cri sonore et ému. Elle sourit d'elle-même, de sa réaction, de toute cette situation.

Au bout de quelques instants de jubilation, elle se redressa. Gabriel lui donnait un tout petit peu de pouvoir, et il fallait qu'elle en tire le maximum. Si elle devait faire ça, il fallait qu'elle s'active, qu'elle trouve une robe, et puis des accessoires, et puis...

Un autre minuscule cri d'excitation s'échappa de ses lèvres et elle se précipita vers son armoire pour l'ouvrir à la volée.

Elle avait un vrai, un authentique rencard avec Gabriel Thorne !

CHAPITRE 8

« J'en peux plus, de ce fondant au chocolat, » dit Cassie avec un soupir satisfait tandis qu'elle repoussait les dernières bouchées du riche dessert.

Gabriel gloussa en l'observant depuis l'autre côté de la table, admirant sa beauté. Ils étaient blottis tout au fond de la cour du Café Amélie, de loin la terrasse la plus romantique de toute la Nouvelle-Orléans. De hauts murs se dressaient autour de la cour, desquels lierre et jasmin tombaient en vagues parfumées, et toute la cour était éclairée par des chandelles et des torches. Dans l'angle opposé, un talentueux violoniste du coin était perché sur une estrade, ajoutant une discrète musique d'ambiance à la scène.

Mais Gabriel n'avait d'yeux que pour Cassie. Elle portait une robe dos-nu noire et moulante qui couvrait son cou et sa poitrine tout en laissant ses bras et le bas de son dos outrageusement dénudés. Elle avait laissé sa longue chevelure rousse former librement de douces boucles autour de ses épaules, telle une cape et elle portait ce que Gabriel reconnaissait comme son caractéristique trait d'eye-liner noir, qui mettait en valeur le gris argenté de son regard orageux.

« Tu veux qu'on y aille ? demanda-t-il en s'efforçant de dissimuler le fait qu'il regardait fixement ses courbes tel un ado excité.

— D'accord, » dit Cassie en remontant les bords de ses longs gants de soie noire. On aurait dit un réflexe, pour s'assurer que ses cicatrices étaient toujours dissimulées. Gabriel avait vu ces cicatrices, et elles n'étaient pas jolies, mais elles n'atténuaient en rien son éclat. À cet instant, après quelques verres de champagne, elle rougissait avec coquetterie et l'observait avec un très vif intérêt.

Cette robe, cette expression sur son visage, la manière dont elle lui souriait... Voilà qui risquait bien de faire oublier à Gabriel tout ce qu'il s'était juré.

Il glissa une épaisse liasse de billets sous son assiette, puis se leva et tendit la main à Cassie. Il l'aida à se lever. Elle le prit par surprise en se servant de cet élan pour se lever d'un bond et l'embrasser. Ce ne fut qu'un effleurement éphémère et léger de leurs lèvres, mais leurs corps entrèrent en contact, leurs bassins se serrèrent l'un contre l'autre, et Gabriel en voulut encore.

Encore, encore, encore. Serait-il un jour vraiment repu de Cassandra Chase ? L'avidité avec laquelle Gabriel la désirait commençait à prendre le dessus sur sa tête, ne fût-ce que pour l'instant. Ou pour la nuit...

« Je me disais qu'on pourrait faire un petit tour, voir un peu la faune nocturne. Vu qu'on est déjà dans le Quartier Français, dit Gabriel. Ça te dit, de faire une petite promenade avec moi avant qu'on prenne un taxi pour rentrer au Manoir ?

— Bien sûr, dit Cassie en lui prenant la main et en entremêlant leurs doigts d'une manière qui serra le cœur de Gabriel. *Allons nous promener.* »

Elle avait imité son accent en prononçant ces derniers mots, ce qui fit rire Gabriel. Il en éprouva une sensation étrange dans la gorge, ce qui lui donna à penser qu'il ne l'avait pas suffisamment fait depuis... Londres. Il n'arrivait pas à repenser au jour de son départ, mais d'une manière ou d'une autre, il allait falloir qu'il en parle à Cassie, qu'il lui explique pourquoi elle méritait un bien meilleur partenaire.

Ils sortirent de la cour et se mirent à descendre le long du trottoir.

« Oh, j'adore cette galerie, dit Cassie lorsqu'ils passèrent devant une immense vitrine exposant des œuvres d'art célèbres. Et cette boutique de vêtements, Trashy Diva. J'ai une douzaine de leurs robes. Très chic, façon années 50. »

Elle papotait gaîment, et Gabriel l'écoutait à moitié, avec un sentiment de culpabilité, et l'angoisse montait au creux de son estomac tandis qu'il s'efforçait de trouver une bonne manière de dire à Cassie qu'il ne pouvait pas lui donner ce qu'elle voulait. Ils marchèrent en observant les gens jusqu'à Jackson Square, où Gabriel entraîna Cassie en direction d'un des bancs de fer forgé isolés.

« Asseyons-nous un moment pour discuter, suggéra-t-il.

— Oh-oh, dit Cassie, dont les sourcils firent un bond vers le haut.

— Quoi ? » demanda Gabriel en l'attirant à côté de lui. Il était incapable de lui lâcher la main, ou d'éloigner sa cuisse de la sienne.

« Ça n'annonce rien de bon, » dit-elle avec un haussement d'épaules en détournant le regard.

Gabriel s'éclaircit la gorge, ne sachant pas trop par où commencer.

« Cass, je suis un meurtrier » sortit de sa bouche, surprenant Gabriel lui-même.

Les yeux de Cassie s'ouvrirent en grand tandis qu'elle le dévisageait, et ses doigts se crispèrent un instant contre les siens.

« Euh... quoi ? demanda-t-elle.

— Tous les Gardiens sont au service de Mère Marie. Je crois que tu le sais, non ? demanda Gabriel. Cassie se contenta de hocher la tête, aussi poursuivit-il. Je sers Mère Marie parce qu'elle m'a sauvé d'un macabre destin. Pendaison par le cou jusqu'à ce que mort s'ensuive, comme on disait alors.

— Je ne comprends toujours pas.

— J'ai tué ma sœur Caroline. Je pensais connaître suffisamment la magie pour invoquer et contrôler un démon. Le sort a mal tourné et, à la place, j'ai tué Caroline. »

Un éclair de compréhension passa dans les yeux de Cassie.

« Un sacrifice, pour alimenter le sort, dit-elle en hochant la tête. Ça arrive parfois à l'Oracle, de se tromper de sacrifice. Mais je n'ai jamais accepté de vie humaine...

— J'étais censé sacrifier ma capacité à me transformer, expliqua Gabriel en se passant la main sur la bouche.

— Tu renonçais à ton ours. » Cassie l'observa pendant un moment, puis elle hocha simplement la tête. « Je ne pense pas qu'on puisse précisément qualifier ça de meurtre. »

Un éclair de colère traversa la poitrine de Gabriel, vif et brûlant.

« Vraiment ? Tu appellerais ça comment, alors ? De la négligence ? Je l'ai tuée, Cass. Elle était froide comme la pierre, sans vie dans mes bras. Sans Mère Marie, Caroline serait morte depuis longtemps. À cause de *moi*. » Il se frappa la poitrine du poing, sous l'effet de la souffrance qui le brûlait tandis qu'il pensait à ses erreurs.

Cassie sembla réfléchir à ses paroles pendant un long moment silencieux.

« D'accord, dit-elle. Je suis désolée que ça se soit produit, Gabriel. Et je suis heureuse que Mère Marie ait sauvé ta sœur. Merci de m'en avoir parlé. »

Elle parut sur le point d'ajouter quelque chose, mais s'arrêta là. Gabriel exhala un souffle retenu, frustré. Elle avait entendu ses paroles, elle les avait acceptées, mais elle n'avait pas compris la raison de sa confidence.

« Cass, dit-il en serrant à nouveau sa main dans la sienne avant de la retirer. Je ne pense pas que tu voies où je veux en venir avec cette conversation.

— Te confier à propos de ton passé, ce n'est pas un but suffisant ? demanda-t-elle en plissant les yeux.

— J'essaie de t'expliquer pourquoi je ne peux pas avoir de partenaire, dit Gabriel. C'est une responsabilité qui...

— Une responsabilité ? Cassie haussa les sourcils.

— Te protéger, expliqua Gabriel.

— Oublions deux secondes les propos ridicules que tu viens de tenir, dit Cassie en lui lançant un regard dur. Qu'est-ce que tu désires dans la vie, Gabriel ? »

Gabriel s'interrompit pour réfléchir à la question.

« Je n'en sais rien, reconnut-il.

— On va faire un portrait. Toi, dans l'avenir, sans toute la culpabilité du passé. Si Caroline n'était pas morte, et que tout ça n'était pas suspendu au-dessus de ta tête, qu'est-ce que tu prévoirais pour ton avenir ? »

Gabriel mit un moment à répondre. Il essaya de s'imaginer dans dix ans, d'imaginer la vie qu'il mènerait.

« Je suppose... j'ai toujours voulu une belle maison. Une grande famille, dit-il, autant à lui-même qu'à Cassie. Quand on vivait dans la rue, Caroline et moi, on inventait des histoires, on parlait des grands repas de fêtes qu'on ferait ensemble. Des tas d'enfants rassemblés autour de la table, tout le monde heureux et bien nourri. Les fêtes de Noël étaient une période spéciale de l'année pour nous. »

Cassie lui sourit avec douceur, et Gabriel fut attristé de réaliser qu'elle ne le comprenait que trop bien.

« Se languir, dit-elle en hochant la tête. Et faire des projets. Je le faisais beaucoup. Surtout dans la Cage à Oiseaux. J'étais tellement seule et je me sentais particulièrement seule pendant les fêtes. Je faisais la même chose, je m'imaginais que j'aurais un jour de somptueuses décorations de Noël et que je ferais tout ce que mes parents n'ont jamais fait pour moi.

— Pour tes enfants, tu veux dire.

— Oui, dit Cassie. — Je ne veux pas trop te mettre la pression, mais... tu étais là, toi aussi. Je t'ai vu dans une vision, dans quelques visions en réalité et je t'ai inclus dans mes histoires imaginaires, en quelque sorte. Je ne pouvais pas savoir comment tu serais, quelle serait ta personnalité, mais tu étais là, en arrière-plan. »

Gabriel ne savait pas trop comment réagir face à ça. C'était mignon, mais également un peu choquant.

« Je —

— Non, non. C'est moi qui suis bizarre, dit Cassie en secouant la tête. C'est seulement que... je ne veux pas que tu sois là en arrière-plan, Gabriel. À présent que je t'ai rencontré, tu es plus merveilleux que tout ce que j'aurais pu imaginer. Et si tu te vois bien trouver une partenaire et te caser un jour, je...

j'aimerais bien être cette personne-là pour toi. Ou du moins, essayer. Mais je ne veux pas te faire fuir.

« Cassie, dit Gabriel, de plus en plus agacé. Ce n'est pas toi. Tu… tu es parfaite. Personne ne pourrait jamais être mieux pour moi que toi. C'est moi qui suis imparfait. C'est seulement que… je ne peux pas me faire confiance en ce qui te concerne. Tu es trop précieuse, et je ne peux pas me permettre de te décevoir. Ou pire, de te mettre en danger. Regarde ce que j'ai fait à ma propre sœur, bon sang. »

Cassie ouvrit la bouche, manifestement prête à le contredire, mais Gabriel entendit un bruit et posa une main sur son bras pour l'immobiliser.

Snick. Snick. Sniiick.

Gabriel tourna légèrement la tête et, du coin de l'œil, il distingua tout juste trois hautes silhouettes qui approchaient. Elles étaient vêtues de robes noires flottantes, leurs visages étaient recouverts par des capuchons, et elles se déplaçaient presque sans bruit.

Presque.

Snick. Snick. Leurs robes effleuraient la rue pavée en face de Jackson Square. Ce ne fut qu'alors que Gabriel remarqua que le Square était vide en dehors d'eux et des… eh bien, pas des hommes, mais des créatures qui approchaient.

« Des démons Kallu, dit Gabriel à Cassie qui hocha la tête avec des yeux ronds. On devrait essayer de s'enfuir tant qu'il n'est pas trop tard. »

Ils se levèrent d'un bond, Gabriel entraînant Cassie à sa suite. Il tourna brusquement à gauche vers le cœur du Quartier Français, en se disant qu'ils pourraient semer les démons dans les étroites rues adjacentes. Malheureusement, lorsque Gabriel lança un coup d'œil par-dessus son épaule, les démons étaient en train de les rattraper.

« Bordel de merde, jura Gabriel en entraînant Cassie dans une autre rue adjacente.

— Gabriel, dit-elle tandis qu'il regardait à nouveau les démons derrière eux. Gabriel ! »

Il se retourna, et s'aperçut qu'il l'avait entraînée sans le savoir dans une impasse.

« Continue d'avancer, dit-il en poussant Cassie vers le fond du cul-de-sac. Reste à terre, laisse-moi faire mon boulot. »

Il n'avait ni épée ni pistolet, mais il avait sa baguette. Il ne s'en était pas servi contre une autre personne depuis ce jour-là, avec Caroline, pas pour un sort important, mais on aurait bien dit que le jour était venu de s'y remettre.

Gabriel se planta au milieu de la ruelle, en exhibant sa baguette d'un geste théâtral afin que les démons sachent qu'il n'était pas sans défense.

« Vous ne devriez pas faire ça, cria-t-il. Je suis un Gardien. »

Les silhouettes encapuchonnées ralentirent lorsqu'elles furent à cent pas de lui, mais elles ne réagirent pas à son annonce. Ce qui signifiait qu'elles savaient probablement qui était Gabriel et qu'elles avaient été envoyées à ses trousses. Ou pire, aux trousses de Cassie.

Les créatures s'écartèrent les unes des autres et approchèrent, tandis qu'une lueur jaune commençait à filtrer à travers leurs robes vides. Les démons Kallu étaient informes sans leurs robes, invisibles et pratiquement inoffensifs. Ceux-là avaient été invoqués par quelqu'un de très puissant, qui leur avait donné forme et pouvoir.

Gabriel lança un mauvais sort à la créature du milieu. Elle esquiva l'attaque avec aisance.

« Merde, » marmonna-t-il. Il n'en avait jamais combattu trois tout seul auparavant, et ils étaient rapides, les salauds.

Ils avancèrent à nouveau, cette fois en lançant des sorts à leur tour, et Gabriel se retrouva bientôt pris dans la bataille. Il lui fallut quelques minutes pour s'apercevoir qu'ils faisaient exprès de le manquer, qu'ils jouaient avec lui…

Puis il n'y en eut plus que deux. Gabriel lança un coup d'œil paniqué par-dessus son épaule et vit que le troisième était derrière lui et l'obligeait à tourner le dos à l'un des murs de brique de la ruelle.

De là, les trois démons le forcèrent à reculer jusqu'à ce qu'il touche presque le mur. L'un des démons toucha douloureusement Gabriel avec un sort étourdissant, lui arrachant un cri.

« Cassie, sauve-toi ! » lança-t-il, craignant que les démons ne le mettent au tapis avant de la poursuivre. Il regarda plus loin dans la ruelle et nota qu'il y avait plusieurs portes suffisamment proches pour que Cassie les atteigne sans se rapprocher des démons. « Enfonce une porte s'il le faut ! »

L'un des démons brillait plus fort que les autres, et Gabriel le sentait accumuler de la magie, se concentrer. Il s'approcha de lui, menaçant —

« *Ait kisathen,* » fit une voix sensuelle et sifflante.

Le démon se figea, puis se retourna et recula d'un pas pour révéler Cassie, qui se tenait à quelque pas de là. Les jambes écartées, les bras tendus vers l'avant, les cheveux battant violemment au gré d'un vent qui ne touchait personne d'autre qu'elle.

Seulement... ce n'était pas Cassie. Une lumière blanche aveuglante jaillissait de ses yeux et de sa bouche tandis qu'elle reprenait la parole dans cette même mystérieuse langue serpentine.

« *Kaitssssh. Kaitsssssh ! Memeshk blissst !* » s'écria-t-elle d'une voix dont le volume augmenta jusqu'à marteler les tympans de Gabriel. Le tonnerre gronda au loin, saturant l'atmosphère d'un sentiment d'appréhension.

L'Oracle, comprit Gabriel. L'Oracle avait pris le contrôle du corps de Cassie et protégeait son réceptacle. Ou protégeait Gabriel, pour une raison inconnue.

« *Yishhhhk,* » dirent en même temps deux des démons, tout en s'inclinant tous deux profondément devant Cassie. Le troisième s'immobilisa et l'observa, la tête penchée.

Au bout d'un moment, la lueur jaune du démon s'embrasa à nouveau, et il leva une main comme pour attaquer Cassie. Avant que le démon n'ait eu le temps de bouger, il y eut un cri perçant, assourdissant, et un *CRAC* tonitruant. Vint ensuite un éclair de lumière blanche qui l'aveugla pendant une infime seconde. Gabriel grimaça et battit des paupières pour chasser le choc momentané.

Puis il s'aperçut que l'un des démons avait tout simplement... disparu. Cassie fit un pas en direction des deux autres, qui prirent la fuite sans hésiter. Ils furent hors de vue avant même que Gabriel ait pu se relever en titubant, tout en s'efforçant d'assimiler ce qui venait de se produire.

Les démons étaient d'ordinaire des créatures dépourvues d'émotions, mais Gabriel aurait jurée qu'il venait de voir une véritable peur chez les deux que Cassie n'avait pas... évaporés, ou Dieu savait ce qu'elle avait fait.

Elle avait frappé de *peur* un *démon*.

« Cass ? » demanda-t-il, hésitant.

Elle était toujours l'Oracle, à cet instant. Elle fit un pas en direction de Gabriel, puis un autre, et Gabriel dut faire tout ce qui était en son pouvoir pour ne pas s'enfuir en hurlant. Elle offrait vraiment un spectacle terrifiant, tout en lumière blanche aveuglante et grondements de tonnerre.

« Cass, » répéta-t-il, en se crispant lorsque Cassie tendit la main et saisit son biceps. Ses doigts se resserrèrent tel un étau, enfonçant ses ongles dans sa chair à travers sa chemise. La lumière de ses yeux et de sa bouche étincela brillamment, et Gabriel eut la nette sensation qu'elle était en train d'extraire quelque chose de lui, une partie de son essence.

L'Oracle invoquait une prophétie.

Cette voix grave et surnaturelle filtra à nouveau de la bouche de Cassie en un sifflement tentateur.

« *Tu donneras au Réceptacle un enfant*, murmura l'Oracle. *De ce Réceptacle naîtra le prochain Réceptacle. Ce sera de ton fait, sorcier. De nombreux destins reposent sur toi.*

— Je vais quoi ? ! » aboya Gabriel.

Mais la lumière de l'Oracle quittait déjà les yeux et la bouche de Cassie, diminuant jusqu'à ce que Cassie batte des paupières et fronce les sourcils.

« Qu'est-ce qui s'est passé ? demanda-t-elle, puis son expression devint apeurée. Oh, non. Elle a pris le contrôle, pas vrai ?

— Apparemment, dit Gabriel en s'efforçant de tout intégrer.

— J'ai peur de te demander ce qu'elle a dit, dit Cassie en se mordillant la lèvre inférieure. Elle ne t'a pas dit quand tu allais mourir, si ? »

Gabriel secoua la tête.

« Pas aujourd'hui, du moins, soupira-t-il.

— Alors qu'est-ce qu'elle a dit ? insista Cassie.

— Je — C'est personnel, » dit Gabriel, ne sachant pas trop comment le lui dire. Bon sang, il n'était même pas certain de ce que signifiait la prophétie. Cassie les lui avait un jour décrites comme "mystérieuses et obscures" et lui avait dit que, souvent, les déclarations de l'Oracle n'étaient pas à prendre au pied de la lettre.

Mais d'un autre côté, l'Oracle s'était montré claire et précise. Ses paroles n'étaient nullement une énigme, bien qu'elles eussent quelques différentes interprétations possibles...

« Oh, elle t'a dit quelque chose de personnel. Meeeeeerde, gémit Cassie. Gabe, je suis vraiment désolée. »

Gabriel marqua une brève pause, pris au dépourvu par le fait qu'elle avait raccourci son nom en Gabe. Il n'avait pas entendu ça depuis son enfance, mais c'était mignon dans la bouche de Cassie.

« Hé, dit Cassie en tendant la main pour saisir la sienne. Rappelle-toi ce que j'ai dit. On ne peut pas toujours savoir ce que les prophéties signifient. Certaines sont très claires, mais beaucoup d'entre elles n'ont pas vraiment de sens. »

Tu donneras au Réceptacle un enfant. Il n'y avait pas beaucoup d'autres manières d'interpréter ça. L'idée d'avoir une partenaire à protéger éveillait déjà les peurs les plus profondes de Gabriel ; ajouter un enfant au tableau était franchement terrifiant.

Et pourtant...

Il s'autorisa à imaginer, l'espace d'un instant, quel effet ça ferait. Il visualisa Cassie lui adressant un sourire radieux tout en caressant son ventre arrondi, l'imagina serrer contre elle un bébé enveloppé de langes et réconforter l'enfant qu'ils avaient fait ensemble. Cette idée fit ressortir un instinct en lui. Avoir une famille, une véritable famille, chose qu'il n'avait jamais eue au cours de sa pathétique enfance.

Ce concept émouvait Gabriel, tout en attisant le désir de son ours pour Cassie. Tout à coup, le besoin de s'emparer d'elle le submergea, et Gabriel se noya dans sa propre réflexion silencieuse.

« Gabe, dit Cassie en lui tapotant la cuisse. Ce n'est rien, je te le promets. L'Oracle a probablement seulement dit des tas de trucs...

— Elle t'a protégée, dit Gabriel, s'arrachant à ses pensées. Tu as détruit l'un des démons Kallu sans le moindre effort.

— Je t'ai dit que j'étais capable de me débrouiller toute seule, dit-elle, un sourire timide aux lèvres.

— Je commence à m'en rendre compte, reconnut Gabriel, puis il eut un large sourire. J'imagine qu'il va falloir que j'apprenne à te faire davantage confiance, à t'écouter quand tu me dis les choses. »

Cassie lui adressa un sourire contrit tandis que Gabriel lui tendait la main et l'aidait à se relever.

« Il me semble que ça fait un moment que je te le dis, dit-elle, mais Gabriel était bien trop irrésistible pour qu'elle éprouve véritablement la moindre colère.

— Peut-être bien, dit-il. Dans tous les cas, je crois qu'on a eu notre dose d'aventures dans le Quartier Français pour ce soir. Tu es prête à rentrer à la maison ?

— À la maison, » répéta Cassie, avec l'impression de prononcer un mot étrange. Le Manoir pourrait-il véritablement devenir sa maison et la combler comme jamais la Cage à Oiseaux ne l'avait fait ? Ça valait la peine d'essayer, non ?

Cassie leva les yeux vers Gabriel avec un doux sourire, et hocha la tête. « À la maison, ça me va parfaitement. »

CHAPITRE 9

Cassie éclata de rire lorsque Gabriel insista pour la prendre dans ses bras et la porter en haut de l'escalier du Manoir, "comme un vrai gentleman". Son accent anglais devint plus prononcé, et ses notes polies lui avaient donné des frissons tandis qu'elle glissait ses bras autour de son cou et se cramponnait à lui de toutes ses forces. Ajoutés au fait qu'il était probablement l'homme le plus séduisant de la planète, sa voix grave et suave et son accent distingué constituaient pratiquement une injustice envers l'humanité.

« Un gentleman, hein ? » le taquina-t-elle lorsqu'ils atteignirent les appartements de Gabriel. Cassie admira la légère barbe qu'il arborait ce jour-là, les boucles subtiles dans ses cheveux châtains, la ligne dure de sa mâchoire. Et ces yeux, ces yeux de la couleur du plus profond des océans, qui la dévoraient avec un intérêt si charnel...

Gabriel s'arrêta à la porte de sa chambre pour baisser vers Cassie des yeux brûlants de désir.

« Je suppose qu'un gentleman te demanderait si tu veux entrer. » Il s'interrompit, et ses lèvres s'incurvèrent vers le haut. « Cassandra Chase, me laisserez-vous vous conduire jusqu'au lit ? Vous devriez savoir que j'entends vous ravir. »

Cassie rougit et hocha la tête en riant.

« Oui, M. Thorne. Poursuivez, » dit-elle.

Gabriel entra d'un pas décidé, donnant à Cassie son premier aperçu de sa chambre à coucher. La chambre offrait un contraste parfait avec son bureau et sa bibliothèque ; les murs étaient d'un gris anthracite foncé et uniforme, et il n'y avait que quelques meubles en teck : un lit, une immense armoire, une modeste bibliothèque et un petit bureau sans une once de désordre. Il y avait un tapis bleu marine sur le sol, assorti aux draps bleu marine du lit, et tout était parfaitement rangé.

« Quoi ? dit Gabriel en la déposant sur le lit.

— Rien, c'est seulement que... Je suis surprise par cette chambre. J'imagine que je me disais que tu devais avoir des livres empilés sur des livres à la place des meubles, dit-elle avec un demi-sourire.

— Ne sois pas ridicule. C'est à ça que sert la bibliothèque, dit Gabriel en remuant les sourcils. Mais ça me plaît de savoir que tu fantasmais sur ma chambre à coucher.

— Je — » commença Cassie, mais Gabriel l'arrêta d'un sourire assassin qui fit ressortir une fossette sur sa joue gauche. Il se débarrassa de sa veste de costume noire d'un coup d'épaule et retira ses chaussures sans s'aider de ses mains, puis cloua Cassie sous son farouche regard couleur de saphir. Lentement, il déboutonna les manches de sa chemise et les retroussa, puis retira sa cravate et la jeta de côté.

« Lève-toi, dit Gabriel en lui tendant ses mains pour l'aider à se lever du lit. Laisse-moi t'aider à ôter cette robe, darling. Elle est ravissante, mais j'ai très envie de te voir sans. »

Gabriel retourna Cassie avec douceur, lui donnant la chair de poule lorsqu'il passa lentement le bout de son doigt sur la peau dénudée exposée par la robe dos-nu. Il défit adroitement l'agrafe sur sa nuque, puis fit glisser la robe tout entière le long de son corps d'un geste fluide, la laissant vêtue de rien d'autre qu'une culotte de dentelle noire et de chaussure noires aux talons vertigineux.

« Ne bouge pas d'ici, » ordonna-t-il en l'aidant à enjamber la flaque de soie à ses pieds. Il s'éloigna, sans doute pour poser sa robe quelque part, puis revint se tenir à nouveau derrière elle. Cassie trembla lorsqu'il rassembla l'épais rideau de sa chevelure et le fit passer par-dessus son épaule pour exposer son cou, ses épaules et sa nuque. Ses mains remontèrent, légères, le long de ses flancs, effleurant sa peau nue et éveillant des sensations dans le bas de son corps. Il s'arrêta, puis ses caresses descendirent de ses épaules le long de ses bras.

« Je n'ai jamais rien vu de plus beau que toi, » murmura Gabriel en s'approchant jusqu'à ce que son torse et ses cuisses effleurent son corps.

Cassie exhala un souffle tremblant tandis que les mains de Gabriel se glissaient devant elle pour se poser sur ses seins, roulant ses mamelons en pointes tendues du bout de ses doigts. Les lèvres de Gabriel remontèrent le long de son cou et ses dents titillèrent le lobe de son oreille. Il rassembla ses cheveux d'une main, et lui pencha la tête de côté jusqu'à ce que son cou entier soit à sa merci.

Il lui mordit la nuque, un vif instant de douleur qu'il apaisa l'instant d'après d'un baiser. On aurait dit un avant-goût du marquage, ou une promesse.

« Gabriel... murmura Cassie, incertaine.

— Ne t'en fais pas, darling, » marmonna Gabriel, les lèvres toujours sur son cou. Sa main libre glissa le long de son ventre pour se poser sur son sexe par-dessus sa culotte. « Je te promets de te combler avant de te marquer. »

Gabriel lâcha ses cheveux et la poussa en avant sur le lit jusqu'à ce qu'elle soit allongée sur le ventre, puis il vint prendre place entre ses genoux. Cassie tourna la tête pour le regarder, et il lui adressa un clin d'œil entendu tout en retirant ses vêtements.

Il prit son temps pour déboutonner et enlever sa chemise, puis il se dépouilla de son pantalon et écarta les deux vêtements d'un coup de pied. Debout, ne portant que le caleçon gris le plus moulant qu'on pût imaginer, Gabriel était tout simplement splendide. Un mètre quatre-vingt-quinze de muscles épais et sculptés. Un corps taillé pour le péché, qui aurait suffi à pousser les plus pieuses à la damnation, doublé du visage d'un ange.

Gabriel fit descendre son attention de son visage en caressant son érection, et Cassie ne put s'empêcher de remarquer que son boxer parvenait tout juste à contenir sa queue épaisse et lourde.

« Ce que tu vois te plaît ? demanda Gabriel en lui décochant un demi-sourire à lui faire tremper sa culotte.

— Tu es un gougeât, » rétorqua Cassie en se tortillant. Elle essaya de se dégager et de se retourner, mais les mains de Gabriel se refermèrent étroitement sur l'arrière de ses cuisses, bloquant son mouvement.

« Tu vas bientôt le découvrir, darling, » promit-il.

Gabriel se pencha en avant et baissa brusquement sa culotte, la lui retirant sans ménagement. Cassie poussa une exclamation étranglée et essaya de serrer les jambes, mais une fois de plus, Gabriel la maintint immobile. Ses doigts serraient déjà son cul nu, et l'expression de satisfaction masculine sur son visage était insupportable. Cassie enfouit son visage contre le lit, les joues en feu.

« Je veux que tu te mettes à quatre pattes. » Les mains de Gabriel soulevèrent ses hanches, changeant la position de Cassie afin qu'elle s'appuie sur ses genoux et ses coudes. Il fit reculer ses genoux jusqu'à ce qu'ils soient presque au bord du lit, passa ses mains sur l'extérieur de ses cuisses et les posa sur ses fesses. « Putain, Cass. Qu'est-ce que tu me fais bander. »

Il s'écarta pendant une infime seconde, puis Cassie poussa un cri de surprise lorsqu'il frotta le bout épais et nu de sa queue contre l'intérieur de sa cuisse, terriblement près de son entrée languissante.

« Ohhhh, » gémit Cassie en se penchant en arrière, brûlée vive par la curiosité. Allait-il sauter les préliminaires et la baiser sur-le-champ ? Elle mouillait suffisamment, ça c'était certain.

Au lieu de quoi, Gabriel faisait durer les choses. Il la fit languir pendant plusieurs longs instants, effleurant le bout soyeux de sa queue contre ses lèvres d'en bas.

« Tu mouilles déjà beaucoup pour moi, Cass, » déclara-t-il.

Il se plaça à son entrée et s'y enfonça à peine, et Cassie poussa un cri de plaisir tout en enfonçant ses ongles dans les draps. Lorsqu'il recula avec un petit rire, elle poussa un grondement désapprobateur.

Elle se retourna pour lui lancer un regard mauvais, et il eut un demi-sourire.

Clac. Sa paume ouverte atterrit sur sa fesse gauche, la faisant pousser une exclamation de surprise.

« Je ne vais pas te faciliter la tâche à ce point, Cass, je te l'assure. Peu importe à quelle profondeur j'ai envie d'enfouir ma queue dans ton corps, tu n'es pas encore prête. Pas tant que tu ne brûleras pas pour moi, my darling. »

La main de Gabriel se glissa entre ses cuisses, effleurant ses lèvres inférieures humides. Les extrémités de deux doigts tournoyèrent autour de son clito palpitant, lui donnant ce qu'elle voulait tout en faisant brûler son désir d'autant plus fort.

« Oui, » gémit Cassie en rejetant la tête en arrière. Son corps s'arcbouta tandis qu'elle se tendait vers la caresse de Gabriel pour en chercher plus, encore plus. « Gabriel, oui !

— Tu aimes que je te touche comme ça, pas vrai, darling ? J'adore donner du plaisir à ma partenaire, » dit Gabriel.

Une minuscule part de Cassie s'arrêta sur son usage soudain et fervent du mot partenaire, mais le reste d'elle était trop plongé dans la sensation pour y prêter attention ou s'en soucier. À mesure que les caresses de Gabriel l'emportaient de plus en plus loin, un nouveau désir émergea douloureusement au fond d'elle, le désir d'être entièrement et complètement pleine de lui. Elle voulait que Gabriel possède son corps, imprègne ses sens. Elle voulait qu'il ait *besoin* d'elle, qu'il ait besoin du lien qui se développait entre eux.

Cassie voulait que Gabriel s'empare d'elle. La marque. La marque comme *sienne*.

Curieusement, elle n'arrivait pas à dire quoi que ce fût de tout ça. Pas dans le feu de l'action, et peut-être même jamais.

« Baise-moi, Gabe. Je t'en prie, je t'en prie, baise-moi, » furent les paroles qui s'échappèrent de ses lèvres à la place.

Gabriel lui donna un petit avant-goût de ce qu'elle désirait si désespérément, en enfonçant brusquement et profondément deux doigts épais au creux étroit et humide de son corps. Il la touchait sans douceur, mais cela répondait au sentiment d'urgence que Cassie éprouvait jusque dans ses os.

« Dis-moi que je peux te prendre sans protection, ma partenaire, gronda Gabriel en assénant sur son cul une nouvelle claque *retentissante*.

— Je prends la pilule, » parvint à dire Cassie en se retournant pour lui lancer un coup d'œil, captivée par l'intensité de son expression. Le désir débridé de Gabriel rendait ses yeux presque noirs, et une légère pellicule de transpiration faisait scintiller son torse et ses épaules.

« Quelle gentille fille tu es, Cass. »

Il la prépara avec ses doigts jusqu'à ce qu'elle donne des coups de reins contre lui, puis se retira. Cette fois, il n'y eut pas de taquinerie, pas d'avertissement supplémentaire. Gabriel se plaça à son entrée et entra profondément d'un coup de reins souple, agrippant ses hanches tandis qu'il étirait et emplissait son corps, lui donnant tout ce dont elle avait besoin.

« Ah ! » s'écria Cassie, mais Gabriel ne se relâcha pas un seul instant. Il imposa un rythme soutenu, glissant une main autour d'elle pour la poser sur son ventre et soulever légèrement son bassin. Puis sa main glissa jusqu'à l'extérieur de sa cuisse, serrant ses jambes l'une contre l'autre.

Tout à coup, voilà qu'il était beaucoup plus profondément en elle, sa queue formidable touchant chaque point sensible, faisant trembler les jambes de Cassie sous la puissance de cette sensation nouvellement découverte. Ses muscles les plus profonds commencèrent à se contracter, et elle put sentir la réaction approbatrice de Gabriel, qui poussa un profond grondement de satisfaction tandis que ses doigts s'enfonçaient dans ses hanches. Il la baisait sans relâche tandis que son corps se contractait invraisemblablement, les seins parcourus de picotements et le clito palpitant et… et…

Gabe changea de position et la redressa, ne perdant pas une seconde pour enfoncer profondément ses dents à la jointure tendre de son cou et de son épaule. La vive douleur se mêla au plaisir qui la submergeait à tel point que le tout renversa une barrière au fond d'elle.

Cassie explosa en poussant un cri, son bassin ondulant contre Gabriel tandis qu'elle atteignait l'apogée de son désir. Son étreinte sur son corps devint presque douloureuse tandis qu'il la martelait, sans ralentir, pendant que Cassie chevauchait pic après pic de plaisir.

« Putain, Cass. Putain ! » Alors même qu'elle commençait à revenir lentement à la réalité, Gabriel poussa un juron et jouit, tressaillant contre elle tandis qu'il se déversait en jets pulsants.

Cassie frissonna lorsqu'il se retira, mais à sa grande surprise Gabriel ne s'effondra pas sur le lit comme elle le fit, en se fondant pratiquement dans le matelas. Gabriel disparut pendant plusieurs longs instants, mais Cassie n'avait pas le courage de le chercher, vaincue comme elle l'était par l'extase post-coïtale. Elle laissa ses paupières se fermer et se serait peut-être carrément endormie si Gabriel n'était pas revenu.

« Là, my darling, laisse-moi m'occuper de toi.

— Mmm ? » murmura Cassie, en ouvrant un seul œil pour le contempler.

Gabriel haussa un sourcil et leva une serviette de toilette.

« Mmmf, » répondit Cassie, refusant de bouger.

Gabriel la nettoya avec toute la douceur possible, d'abord la morsure sur son cou, puis entre ses jambes. Il s'éloigna à nouveau à pas de loup, laissant Cassie assoupie pendant plusieurs longs moments. Lorsqu'il revint, il retourna l'édredon d'un côté du lit et souleva Cassie dans ses bras. Cassie gloussa de sa bienveillance tandis qu'il la bordait plus se glissait sous la couverture à côté d'elle.

« Voilà qui est mieux, » dit Gabriel en tournant Cassie sur le côté avant de l'attirer à lui. Il l'enveloppa de son corps, dans une étreinte tendre, possessive et agréable. Le cerveau épuisé de Cassie tournait en boucle, en essayant de comprendre ce qui pouvait bien être en train de se passer et ce qu'elle était censée ressentir.

« Et maintenant ? fut tout ce qu'elle parvint à dire.

— Pour l'instant ? On dort, c'est tout, » murmura Gabriel en glissant un bras autour de sa taille et en enfouissant son nez dans ses cheveux, tout contre sa nuque. Il n'était que chaleur et réconfort, et Cassie ne put rien faire d'autre que sombrer dans un profond sommeil sans rêve.

. . .

Lorsque Cassie s'éveilla, la lumière éclatante du soleil se déversait par les fenêtres. Elle grimaça en touchant la marque d'accouplement sur son cou. Elle lui faisait un peu mal, mais le reste de son corps aussi. Les commissures de ses lèvres se soulevèrent en éprouvant cette délicieuse sensation, après avoir acquis ces douleurs et ces élancements de la meilleure manière qui fût. Elle lança un coup d'œil à Gabriel, refusant de s'autoriser à penser à son nouveau statut pour l'instant. Elle ne ferait que décortiquer la chose et se rendre folle et elle voulait simplement se détendre et s'en réjouir pendant encore un moment.

Elle s'étira, fit basculer ses jambes par-dessus le bord du lit et entreprit de se lever. Elle poussa un glapissement lorsqu'un bras musclé la saisit par la taille et l'attira en arrière.

« Et tu comptes aller où ? » demanda Gabriel en effleurant sa nuque de sa bouche, ses lèvres, ses dents et sa barbe naissante faisant jaillir des explosions de plaisir le long de son échine.

« Je pensais me brosser les dents, dit Cassie en riant.

— Tu as exactement six minutes avant que je ne vienne te chercher là-dedans, l'informa Gabriel. Je te promets d'être indulgent si tu ne m'obliges pas à sortir du lit pour me lancer à ta poursuite.

— Ah ouais ? demanda Cassie en se redressant sur ses coudes avec une moue.

— Oh putain, ouais. Tu ne quitteras pas mon lit avant d'avoir été si bien baisée que tu n'arriveras plus à réfléchir comme il faut, l'avertit Gabriel. Je vais te prendre de toutes les manières possibles, autant de fois que possible. Je me dis… deux semaines ? Trois ? Tu penses que tu mettras combien de temps à oublier que quiconque a existé avant moi ? »

Cassie poussa un soupir à la fois stupéfait et désabusé. Comme si elle avait eu d'yeux pour quiconque hormis Gabriel depuis la nuit de la veille !

« Je — je ne sais pas quoi répondre à ça, » répondit-elle en rougissant.

Gabriel lui en fit aisément grâce et la relâcha en faisant mine de la chasser du lit d'un coup de pied.

« Tu n'as plus que cinq minutes à présent, alors tu ferais mieux de te bouger si tes dents ont vraiment besoin qu'on s'en occupe. »

Cassie éclata de rire et se hâta d'obtempérer, certaine qu'elle serait récompensée à son retour.

« Je croyais que tu ne devais pas me laisser tant que je n'aurais pas oublié l'existence du reste du monde, » protesta Cassie lorsque Gabriel se leva et s'habilla.

Il haussa un sourcil.

« Je crois que j'ai dit que j'allais te faire oublier les autres hommes, précisa-t-il. Et si ces six derniers jours n'ont pas satisfait tes appétits... Eh bien, je me rattraperai auprès de toi au lever du soleil. Mais il faut vraiment que j'aille patrouiller ce soir. Rhys et Aeric en ont marre de me remplacer pendant que je m'extasie sur ma nouvelle partenaire. »

Cassie s'étira et descendit du lit, puis se dirigea d'un pas nonchalant vers l'armoire de Gabriel pour y trouver un T-shirt en coton à enfiler. Ils avaient déjà établi que Gabriel adorait voir Cassie dans ses vêtements et adorais sentir son odeur sur la peau de sa partenaire. Même à cet instant, il lui lançait un coup d'œil interrogateur tout en laçant une paire de bottes de combat en cuir noir.

« Tu es canon dans cette tenue, » dit Cassie en lui rendant ce même regard lorsqu'il se leva. Il portait un pantalon noir, un T-shirt noir moulant et un gilet de combat noir qui faisait des choses très vilaines au cerveau obsédé par le sexe de Cassie. « C'est peut-être *moi* qui devrais me faire du souci sur *toi*. »

Gabriel émit un bruit exaspéré et vint déposer un baiser sur ses lèvres, puis lui donna une petite tape sur le cul.

« Je t'ai laissé un cadeau dans le bureau, dit-il. Et je l'ai fait organiser par les femmes de chambre pendant qu'on était occupés à faire autre chose. Je le pensais quand je t'ai proposé de te choisir de nouveaux meubles, toi aussi, à moins que tu ne veuilles ton bureau dans la chambre d'amis. Dieu sait que tu n'y dormiras plus jamais. »

Cassie ricana en entendant sa présomptueuse déclaration, mais Gabriel se contenta de lui adresser un demi-sourire et sortit de la pièce d'un pas déterminé. Elle secoua la tête et trouva un pantalon de pyjama abandonné qui lui appartenait, et qu'elle avait posé sur le dossier d'une chaise plusieurs jours auparavant. Elle l'enfila et ouvrit la porte qui menait à la bibliothèque.

Elle manqua de tomber à la renverse en voyant la pièce. Les bibliothèques avaient été soigneusement rangées et montées sur des rails, puis déplacées d'un côté de la pièce. Cassie tendit la main et en déplaça une, émerveillée par l'ingéniosité de cette nouvelle disposition, qui laissait la moitié de la pièce libre afin de permettre mouvement et confort. Les rideaux occultants avaient également été tirés de devant les fenêtres, inondant la pièce de la lumière presque aveuglante du soleil.

« Tu ne plaisantais pas à propos du ménage, s'émerveilla-t-elle tout haut. On ne se croirait même plus dans la même pièce. »

En se dirigeant vers la table, elle fut doublement surprise de la trouver vide à l'exception de quelques parchemins, d'un bloc-notes, d'un bocal de feutres et d'une pile de livres. Grisée, Cassie tendit la main pour saisir le premier livre de la pile et l'ouvrit. Elle prit un stylo et s'installa dans un fauteuil tout en feuilletant les pages, rapidement absorbée par le journal historique que Gabriel lui avait laissé.

Une heure s'écoula avant que Cassie ne lève à nouveau les yeux. Elle avait un stylo dans une main et un parchemin déroulé sous l'autre. Elle avait également une liste gribouillée sur un morceau de papier qui traînait, un ensemble de notes en vrac qui avaient besoin d'être un peu résumée. Cassie soupira et mit le parchemin de côté. Elle prit une feuille de papier neuve, où elle condensa et résuma ses notes jusqu'à en être satisfaite, ce qui lui laissa :

Les qualités qui définissent la tierce lumière

- Communie avec les esprits des défunts (selon l'interprétation)
- Devrait avoir pour parents un(e) grand(e) prêtre(sse) et un Ange ou un Démon
- N'a pas encore reçu ses pleins pouvoirs, ou cache sa véritable puissance
- N'a pas conscience de son véritable potentiel pour le Bien ou le Mal
- Probablement une femme ?

Cassie grimaça en relisant sa liste. D'un côté, elle était trop vague — comment les Gardiens pourraient-il trouver quelqu'un qui ignorait son propre pouvoir ? D'un autre côté, la liste était très, très spécifique. Il semblait très improbable qu'il se promène dans les parages beaucoup de femmes nées des désirs très humains d'un démon et d'une prêtresse Vaudou. Cassie était à peu près sûre qu'on devait savoir exactement à quel point cette femme était particulière dès l'instant où on posait les yeux sur elle, ou du moins dès qu'on voyait son aura.

Non ?

Elle se frotta les tempes et soupira. Il y restait un livre auquel elle ne s'était pas encore attaquée, le plus gros et le plus effrayant de la pile. Les mots *Apocrypha del Semaforo* étaient gravés dans l'épais cuir noir de la couverture. Lorsque Cassie passa ses doigts sur les lettres, un frisson glissa le long de son échine.

En l'ouvrant, Cassie usa de toute la délicatesse possible pour tourner les pages jaunies et friables. Le texte était écrit dans un dialecte italien très ancien au lieu du latin auquel elle s'était attendue. Cassie se leva d'un bond et alla chercher un iPad dans la sélection d'ordinateurs de la bibliothèque. Elle se rassit et parcourut rapidement les quelques premières pages, en devinant ce qu'elle pouvait et en traduisant de courts passages qui semblaient importants.

La phrase *La Luce Finale* se détachait en plusieurs endroits de la page. Les sourcils froncés, Cassie la traduisit.

« L'ultime lumière ? se demanda-t-elle tout haut. Ce n'est pas pareil que la Tierce Lumière ? »

Avec un soupir, Cassie s'employa à traduire de longs passages de texte pour les quelques chapitres suivants, en griffonnant au passage quelques notes. Il apparut rapidement que l'Ultime Lumière et la Tierce Lumière n'étaient pas la même chose et que selon toute vraisemblance l'Ultime Lumière n'était même pas encore de ce monde.

…probablement. La compréhension que Cassie avait de l'Italien ancien était incomplète, mais elle était à peu près certaine que l'Apocrypha indiquait que l'Ultime Lumière ne serait conçue qu'une fois la Tierce Lumière découverte. Tout en retournant cela dans son esprit, Cassie poursuivit sa lecture du livre sur quelques chapitres de plus. Lorsqu'elle ne trouva plus de références spécifiques quant au but ou à la destinée de l'Ultime Lumière, elle renonça et s'éloigna à la recherche de Cairn, dans l'espoir de trouver un peu de distraction n'impliquant pas des prophéties qu'elle ne pouvait espérer comprendre.

CHAPITRE 10

Dominic « Père Mal » Malveaux était allongé sur une chaise-longue en velours dans un coin du Carousel Bar, un Sazerac à la main. Il but une gorgée du cocktail au whisky doux-amer, le regard plongé dans le verre, et fit tournoyer la glace qui restait. Les choses ne se déroulaient pas comme il l'avait prévu, et tout ça était la faute de ces foutus Gardiens. Ces abrutis d'ours métamorphes se mêlaient de choses qu'ils ne comprenaient pas, et cela pourrait avoir des conséquences désastreuses pour Père Mal.

Rien n'était gratuit en ce monde. Si l'on désirait une chose suffisamment ardemment, surtout une grande quantité de pouvoir, certaines dettes s'accumulaient. Père Mal avait des dettes assez faramineuses, et les créanciers de ces dettes n'étaient ni patients ni bienveillants.

Il avait perdu la Première Lumière, la jolie blonde qui s'était casée avec le Gardien écossais. Leur union avait été un coup malheureux porté à Père Mal, mais il avait fini par l'accepter... surtout lorsque l'utilité de la Première Lumière s'était estompée.

Mais la Seconde Lumière, Cassandra Chase, lui avait été volée. Enlevée dans sa propre maison. Il ne pouvait pas laisser faire cela. Pas alors que le destin de la fille était si étroitement lié à ceux de la Tierce et de l'Ultime Lumière. Les voyants et sorciers de Père Mal n'avaient pas déterminé au juste de quelle manière cela se passerait, mais Mademoiselle Chase devrait jouer un rôle très, très important dans les projets à venir de Père Mal.

Sans compter le fait qu'elle servait de réceptacle à l'Oracle, dont les visions et les prophéties lui manquaient cruellement. Père Mal posa son verre sur une table basse et se leva, déterminé.

Oui, Cassandra Chase devait être récupérée à tout prix.

« Monsieur, dit l'un de ses hommes en approchant, tout en s'inclinant légèrement.

— Avez-vous trouvé l'Oracle demanda Père Mal.

— J'ai une bonne et une mauvaise nouvelle, dit l'homme en costume avec l'air d'essayer désespérément de ne pas se dérober sous le regard de Père Mal.

— Commencez par la mauvaise, j'imagine.

— Nos espions rapportent que l'Oracle et l'un des Gardiens sont… liés. Liés par le destin en tant que partenaires, en réalité, » dit l'homme avec une grimace.

Père Mal ferma les yeux et inspirant profondément, ne voulant pas se donner en spectacle devant la clientèle abondante et huppée du Carousel Bar. Son assistant avait probablement attendu jusque-là pour l'aborder pour cette raison précise. Il lui fallut presque une minute entière pour se reprendre avant de pouvoir répondre.

« Quel Gardien ? demanda-t-il enfin.

— Nous croyons qu'il s'agit du sorcier. Monsieur. » L'homme transpirait à présent visiblement tandis qu'il attendait, au garde-à-vous, que Père Mal réagisse.

« Ah. J'aimerais mieux que ce ne soit aucun des trois, mais c'est l'autre qui m'inquiète le plus. Le Viking, soupira Père Mal. Il y a quelque chose chez lui qui me déplaît. »

Ou plutôt qui lui faisait peur, mais Père Mal n'utilisait plus ce genre de vocabulaire pour parler de lui-même. Cela le faisait paraître faible, et il fallait que ses hommes aient une confiance absolue en lui.

« Oui, monsieur. Vous pensez donc que le sorcier est faible ? Mes espions disent qu'ils essaient de concevoir, ce qui pourrait nous aider davantage. N'est-ce pas ? » demanda l'assistant.

Père Mal lui fit grâce d'un demi-sourire. La nouvelle n'était pas vraiment mauvaise, c'était plutôt que l'opération exigerait davantage de patience.

« Je pense que tous les ours métamorphes deviennent idiots en présence de leurs partenaires et de leurs rejetons, dit vivement Père Mal. C'est ce qui arrive lorsque l'on suit son cœur au lieu de son intellect et sa sagesse. Je pense également que si Mademoiselle Chase est suffisamment stupide pour fonder une famille avec son Gardien, elle nous fournira les munitions dont nous avons besoin pour les détruire tous les deux. C'est d'une telle simplicité, vraiment... »

Père Mal réfléchit un moment à tout cela, puis il hocha la tête avec une profonde satisfaction. L'assistant se contenta de se tordre les mains, avec un air de soulagement obscène.

« J'aurai besoin que vous les gardiez sous étroite surveillance, que vous me disiez si quelque aspect que ce soit de leur statut change. Surtout l'aspect familial, vous comprenez ?

— Bien sûr, bien sûr.

— Eh bien ? Quelle est la bonne nouvelle, alors ? insista Père Mal, qui devenait irritable.

— Vous nous avez demandé de rechercher par la vision l'Ultime Lumière. Je crois que vous avez demandé des conditions de parenté impossibles ? Nous avons trouvé ce que vous avez demandé. »

L'aide sortit une pile de photos brillantes pour que Père Mal les examine, et il faillit éclater de rire en voyant leur contenu.

« Dois-je intervenir, Monsieur ? demanda l'homme.

— Non, dit Père Mal avec un large sourire. Non, laissez faire. Il vaudrait bien mieux ne pas attirer l'attention sur la situation. Si personne ne regarde, il n'y a pas de problème, n'est-ce pas ?

— Oui, monsieur.

— L'endroit où vivent les Gardiens, comment s'appelle-t-il ?

— Je l'ignore, monsieur.

— J'aurais besoin de tous les renseignements que vous pourrez réunir à ce sujet. Infiltrez-y quelqu'un, quelqu'un qui connaisse la magie. J'ai besoin de tout connaître de cet endroit, et des allées et venues de l'Oracle.

— Bien sûr, Monsieur.

— Vous pouvez disposer. Dites à la serveuse de m'apporter un autre Sazerac, » dit Père Mal en chassant l'assistant d'un geste de la main.

Il se cala contre le dossier de son siège et reprit son verre, pour en vider la dernière gorgée. Les choses commençaient à très bien se présenter pour Dominic Malveaux.

Vraiment très bien.

CHAPITRE 11

Gabriel était étendu sur le dos, et Cassie dormait étroitement blottie contre son corps. Elle murmurait et remuait dans son sommeil, jetait son bras en travers de sa poitrine et le serrait fort contre elle. Elle recherchait chaleur et réconfort, ce qui était précisément ce qu'un partenaire devait apporter.

Tout en tendant la main pour repousser une boucle de flamme qui tombait du visage de Cassie, Gabriel luttait pour contenir l'élan d'instinct protecteur qui montait en lui. Il n'y avait que deux mois qu'il l'avait marquée, qu'il avait fait de Cassie sa partenaire à la manière des métamorphes.

Sa bague scintillait à son doigt, symbole des promesses que Gabriel avait faites à Cassie. Le nom de Thorne, qu'il lui donnerait pour chasser les souvenirs de sa propre famille sans amour. Un mariage estival l'année suivante, rendu doublement palpitant lorsque Écho et Rhys avaient accepté l'invitation de Cassie pour en faire un double événement. Et le plus important : une famille, dès que Cassie le voudrait.

Trois semaines plus tôt, Cassie avait fait asseoir Gabriel et lui avait pris la main, puis lui avait dit qu'elle avait arrêté de prendre la pilule. Gabriel comprit que Cassie était en train de lui dire qu'elle était prête à fonder une famille. Ou du moins, à *essayer* d'en fonder une.

Et pour essayer, ils avaient essayé, dans tous les endroits et toutes les positions concevables, aussi longtemps qu'ils parvenaient à rester éveillés chaque nuit. Parfois pendant la majeure partie de la journée, aussi, quand Gabriel n'était pas en patrouille. Son désir pour Cassie ne semblait que s'accroître chaque fois qu'il la possédait, les flammes s'élevaient de plus en plus haut à mesure qu'il découvrait les secrets de son corps, la meilleure manière de lui donner du plaisir afin de les conduire tous deux à un sommet violent et rugissant...

Un demi-sourire illumina les lèvres de Gabriel lorsqu'il pensa aux nombreuses heures de *tentatives* qui avaient conduit à l'état d'épuisement complet dans lequel il se trouvait en ce moment, la même raison pour laquelle Cassie reposait dans ce que Gabriel supposait être un sommeil profondément repu. Le sommeil appelait également Gabriel, mais des pensées troublantes l'empêchaient d'y succomber.

Le plus souvent, Cassie et lui vivaient sur un petit nuage ; ils ne se disputaient qu'au sujet de l'absence de progrès des Gardiens dans la recherche et le démantèlement de la Cage à Oiseaux. Les Gardiens avaient jusque-là tenu le siège autour de trois maisons différentes, en essayant de trouver la prison secrète de Père Mal.

Il ne pouvait pas vraiment se retourner dans tous les sens de peur de déranger sa partenaire endormie, mais plusieurs scènes ne cessaient de se rejouer encore et encore dans l'esprit de Gabriel ; les paroles de l'Oracle disant que Gabriel donnerait un enfant à Cassie ; le matin où Gabriel avait trouvé sa mère morte, emportée dans la nuit par la scarlatine ; le moment où il avait couru parler à sa sœur Caroline de leur chance de faire fortune, pour découvrir en fin de compte qu'il l'avait tuée dans un moment d'égarement.

Homme. Ours. Sorcier. Gardien. Partenaire. Gabriel était tout cela et plus encore, mais un père ?

Ses poings se serrèrent et il inspira profondément, en s'efforçant de garder son calme. Son lien de paire accouplée avec Cassie devenait plus fort de jour en jour, et parfois il parvenait à ressentir ses humeurs sans même qu'ils fussent ensemble dans la même pièce. Il l'avait bel et bien exténuée, avait extrait d'eux jusqu'à la dernière goutte de plaisir, et elle méritait de se reposer.

De plus, Gabriel ne supportait pas l'idée que Cassie connaisse ses doutes. C'était comme si le simple fait d'énoncer tout haut ses appréhensions le rendrait vulnérable aux plus sombres de ses élucubrations. Il n'avait même pas encore d'enfant, mais ça n'empêchait pas la peur de s'enraciner dans son cœur.

D'un côté, tous les hommes se faisaient probablement du souci à l'idée de mettre un enfant au monde. C'était un endroit dangereux, peut-être encore plus que le monde dans lequel Gabriel avait grandi. Cyber-attaques, armes nucléaires, bioterrorisme... la liste était sans fin. Si l'on ajoutait à cela l'incapacité apparente de Gabriel à protéger ceux qu'il aimait, la perspective de la paternité était terrifiante.

D'un autre côté, Gabriel était un Gardien Alpha. Son statut était assorti de responsabilités, elles-mêmes indissociables du conflit qui générait des ennemis. Même à cet instant, Père Mal était sûrement quelque part, là, dehors, dans le monde, tapi dans l'ombre, occupé à fomenter quelque horrible complot. Gabriel avait pris quelque chose à Père Mal, qui considérait Cassie comme un « atout ». Le méchant de l'histoire n'allait sûrement pas se contenter d'oublier et pardonner, mais Gabriel n'avait pas la moindre idée de la manière dont Père Mal allait répliquer.

Gabriel laissa un soupir s'échapper de ses lèvres et décida de parler à Mère Marie de renforcer les protections sur la maison. Peut-être devraient-ils même envisager d'engager des gardes pour le Manoir, pour les fois où les Gardiens étaient appelés ailleurs pour une urgence Kith de force majeure.

« Gabe ? demanda Cassie d'une voix ensommeillée en levant les yeux vers lui. Est-ce que ça va ?

— Ouais, bien sûr, dit Gabriel avec un sentiment de culpabilité.

— Tu m'envoies plein d'ondes anxieuses, dit Cassie en étouffant un bâillement.

— J'étais juste en train de réfléchir. C'est rien, vraiment.

— Mmmhmm, dit Cassie en lui tapotant distraitement la

poitrine. Ça te dirait de te retourner, et que je te caresse le dos jusqu'à ce que tu t'endormes ? »

Sa suggestion n'était pas la chose la plus glorifiante qu'il eût jamais entendue, mais elle le réchauffa de l'intérieur. Il déposa un baiser sur les lèvres de Cassie, en se demandant comment il avait pu avoir la chance de l'avoir pour partenaire.

« Ça va, darling. Je te le promets. Rendors-toi, d'accord ? »

Cassie revint se blottir contre lui, en traçant de petits cercles sur sa poitrine du bout des doigts. Lentement, Gabriel se détendit, apaisé par ses caresses jusqu'à ce que le sommeil puisse enfin s'emparer de lui. Ses inquiétudes s'évanouirent telles des ombres devant le soleil. Elles reviendraient, aussi sûrement que le jour se changeait en nuit, encore et encore. Mais pour l'instant, il pouvait simplement se laisser aller et savourer le contact de sa partenaire.

GABRIEL SE PASSA une main sur le visage et s'efforça de prêter attention à Rhys tandis que l'autre Gardien passait en revue leurs connaissances actuelles au sujet des Trois Lumières pour ce qui lui semblait être la dixième fois. Il avait peu dormi et s'était levé tôt pour trouver Rhys et Aeric en plein travail au rez-de-chaussée, en train de boire du café et d'essayer de déterminer une chronologie possible des actions à venir de Père Mal.

« Vous voilà, tous les trois, » dit Mère Marie en entrant nonchalamment dans le séjour du Manoir, avant de s'approcher de la table de conférence où les Gardiens étaient assis, déterminés. Gabriel voyait déjà qu'elle était de mauvaise humeur, et se dirigeait vers eux avec un regard furieux.

« Gabriel est en train de nous mettre au courant de ce que Cassie a découvert à propos de la soi-disant Ultime Lumière, dit Rhys.

— Je veux que vous enfiliez vos uniformes et que vous alliez faire sauter la Cage à Oiseaux, dit Mère Marie d'un air désintéressé. Vous ne me servez à rien en restant assis là, à discuter de messagers encore à naître.

— J'imagine que si Père Mal est au courant de la possibilité d'une créature qui peut décider du destin du monde, ça l'intéresserait beaucoup de trouver et d'élever cette créature de manière à ce qu'elle exécute sa volonté, » souligna Gabriel.

Mère Marie serra les lèvres, mais en faisant mention de Père Mal, il avait capturé son intérêt.

« Comment est-ce que l'Ultime Lumière décide du destin du monde, au juste ? » demanda-t-elle, le regard fixé sur Gabriel tel un laser. Peu de personnes au monde avaient le pouvoir de mettre Gabriel mal à l'aise, mais Mère Marie en faisait partie.

« L'Apocrypha n'est pas clair, reconnut-il. Il dit simplement que l'enfant aura, euh, une double nature, qu'il naîtra avec des traits de la mère et du père. Le bien et le mal se disputent l'enfant, et le côté qui fera pencher l'enfant en sa faveur décidera si le royaume des humains demeurera intact ou tombera sous le règne des démons.

— Ahhhhh, dit Mère Marie. Si Père Mal est au courant pour l'Ultime Lumière, ça expliquerait pourquoi il tient tant à trouver les Portes de Guinée. S'il ouvre le royaume des esprits, il pourrait se servir des esprits de ses ancêtres pour prendre le contrôle. Il aurait alors le pouvoir, quelque chose à échanger avec le côté qui emportera l'Ultime Lumière, quel qu'il soit.

— Il couvre ses arrières, dit Gabriel, qui rassemblait les morceaux du puzzle. Dans ce cas, il croit que les démons ont une chance de gagner. Sinon, pourquoi se donner autant de mal ? Le statu quo est désormais en sa faveur. »

Mère Marie foudroya à nouveau Gabriel du regard, mais elle était une fois de plus à court de répartie.

« Tout ça, c'est bien joli, et nous devrons partir du principe qu'il recherche l'Ultime Lumière. Ça ne change rien au fait que je vous veux tous les trois debout et prêts à vous battre, dit-elle en abattant sa paume sur le plateau de la table. La Cage à Oiseaux doit tomber cette nuit.

— Oui, madame, » dirent Gabriel et Rhys, tandis qu'Aeric se contentait de hocher la tête.

Mère Marie se détourna pour s'en aller, puis hésita.

« À votre place, je ferais très attention en évacuant les femmes de la Cage à Oiseaux, dit Mère Marie. À en juger par le fait que deux d'entre vous ont déjà trouvé leurs partenaires en la personne de la Première et de la Seconde Lumière, j'ai toutes les raisons de croire que la Tierce Lumière va bientôt faire son apparition. »

Mère Marie s'éloigna d'un pas décidé, laissant Gabriel et Rhys dévisager Gabriel, dont la bouche s'ouvrit en une expression de stupéfaction silencieuse. Cela prit quelques secondes, mais le Viking se leva brusquement de la table, l'air carrément furieux.

« Jamais ! » déclara Aeric. Puis il sortit de la pièce à grands pas et sortit dans la cour arrière en direction du gymnase. Conformément aux ordres de Mère Marie de se préparer au combat, sans doute.

Gabriel et Rhys échangèrent un coup d'œil l'espace d'un fugace instant, avant de ricaner, incrédules.

« J'ai pitié de la femme qui se retrouvera coincée avec lui comme partenaire, dit Rhys en secouant la tête tandis qu'il se levait pour suivre Aeric.

— Si elle ressemble un tant soit peu à l'une de nos deux partenaires, j'ai davantage pitié de lui, marmonna Gabriel.

— Bon sang, pourvu qu'Écho ne t'entende pas. Elle est déjà furieuse après moi parce que je ne lui ai rien offert pour fêter l'anniversaire de nos trois mois. Je ne savais même pas que c'était une date particulière ! » se plaignit Rhys.

Gabriel regarda son ami en haussant un sourcil, puis secoua la tête.

« Je retire ce que j'ai dit. J'ai davantage pitié des filles, dit Gabriel en donnant une tape dans le dos de Rhys.

— Oui, tire-toi donc, » dit Rhys d'un ton aimable tandis qu'ils arrivaient au gymnase.

Dès qu'ils furent entièrement revêtus de leurs uniformes noirs et de leurs gilets de combat, épée au fourreau et pistolets dans leurs étuis, ils passèrent en revue leur plan pour faire tomber une fois de plus la Cage à Oiseaux. Puis ils grimpèrent dans leur 4x4, et Gabriel fut surpris de voir une nouvelle tête sur le siège du conducteur. Un ours métamorphe aux cheveux noirs les attendait, aussi imposant et farouche que n'importe lequel des Gardiens eux-mêmes. Il était vêtu de la même tenue que Gabriel, à l'exception des armes.

« Bon sang, t'es qui, toi ? aboya Aeric, de toute évidence tout aussi stupéfait.

— On se calme, dit Rhys en levant une main. Mère Marie ne veut plus que ce soit Duverjay qui nous conduise sur nos missions, donc on a un peu d'aide à présent. Voici Asher. Asher, Gabriel et Aeric. »

Asher regarda dans le rétroviseur et leur adressa un hochement de tête laconique, puis sortit le 4x4 du parking. Gabriel et Aeric récapitulèrent leur plan une dernière fois, en s'efforçant d'en repérer les problèmes potentiels, puis le silence s'installa pendant environ dix minutes.

« Alors… comment est-ce que tu connais Mère Marie ? » demanda Gabriel, curieux au sujet de l'homme-ours silencieux qui pilotait leur véhicule. Il avait une allure vaguement militaire. Quelque chose dans sa manière de se tenir, tendu et prêt pour le grabuge.

« Je n'irais pas jusqu'à dire qu'on se co — »

Il y eut un fracas assourdissant tandis qu'une voiture s'encastrait dans l'avant de leur 4x4 par la droite, le faisant tournoyer comme une toupie. La tête de Gabriel percuta la vitre latérale, et son monde devint tout blanc pendant plusieurs longues secondes. Il battit des paupières jusqu'à ce qu'il retrouve la vue et vit alors Asher et Rhys qui descendaient prudemment à l'avant.

« Ça va ? demanda Gabriel à Aeric, qui grimaçait comme sous l'effet de la douleur.

— Ça va dit Aeric.

— Aeric —

— On nous a balancés, dit Aeric. Regarde, les hommes de Père Mal nous arrivent dessus. Tire-toi de la putain de caisse. »

L'attention de Gabriel se porta brusquement à l'extérieur, et il ouvrit sa portière à la volée et descendit juste à temps pour voir approcher une douzaine de gorilles en costume noir. Ils étaient tous lourdement armés, mais Gabriel était surpris que si peu d'entre eux soient présents.

« Il y a un truc qui cloche, lança-t-il à Rhys. Ils ne sont pas assez nombreux ! Pourquoi est-ce que Père Mal n'enverrait qu'une douzaine d'hommes contre nous ? »

Rhys hocha la tête, l'air incertain. Les hommes de Père Mal se regroupèrent, et pendant plusieurs longues minutes Gabriel ne pensa à rien d'autre qu'au combat. Il dégaina son épée et fit tomber quatre attaquants avant de courir aider Aeric, qui boitait sévèrement. Deux hommes harcelaient le Gardien blond, profitant de ses blessures dues à l'accident de voiture. Gabriel en expédia aussitôt un, laissant Aeric libre de repousser l'autre.

En l'espace de dix minutes, les hommes de Père Mal furent tous tués ou mis en fuite. Ils avaient attaqué les Gardiens dans un quartier résidentiel, aussi des humains curieux se dirigeaient-ils déjà vers le lieu de l'accident, attirés comme des mouches par un pot de miel.

« Il faut qu'on se tire, les pressa Asher. Quelqu'un a déjà appelé la police, je peux vous le garantir.

— Pas avec la voiture, dit Rhys lorsqu'ils prirent la direction de leur véhicule. Ils ont probablement mis un traceur dessus. Il nous faut une autre caisse. »

À la grande surprise de Gabriel, Rhys sortit son téléphone portable et parvint à avoir un fourgon de police garé le long du trottoir en moins de cinq minutes.

« Je ne veux même pas savoir comment tu as fait ça, marmonna Asher à Rhys en observant l'agent de police qui les conduisait au Manoir à tombeau ouvert.

— Il va falloir qu'on se déshabille au gymnase et qu'on passe au crible tout ce qu'on porte, » intervint Aeric. Il observa Asher d'un œil soupçonneux. Et il va falloir interroger le nouveau.

— Il a prêté serment, tout comme nous, apprit Rhys à Aeric.

Il a fait *quoi* ! ? balbutia Gabriel. Mère Marie ne nous a pas dit qu'il y avait un autre Gardien !

— Je ne crois pas qu'il soit déjà un Gardien, dit Rhys en croisant les bras. C'est plutôt une recrue potentielle.

— Je suis là, fit sèchement Asher. Je vous entends. »

Aeric considéra un instant l'inconnu.

« Si tu as un autre moyen de t'acquitter de ta dette, ne rejoins pas les Gardiens, dit Aeric à Asher. C'est la plus inconstante des maîtresses. »

Un muscle tressaillit sur la mâchoire d'Asher, mais il ne répondit pas, préférant regarder par la vitre. Ils se garèrent devant le Manoir et sortirent en file indienne.

Gabriel s'élança au trot, soudain pressé de voir Cassie. Rhys était juste sur ses talons, mais ils s'arrêtèrent tous deux brusquement lorsqu'ils eurent franchi l'escalier de marbre du Manoir.

« Où sont les protections ? » se demanda Gabriel en baissant les yeux vers la demeure. Elle était immobile et silencieuse, au point qu'il se demanda si Mère Marie n'était pas simplement en train de bricoler les sorts de protection qui protégeaient le Manoir et ses habitants.

« Merde, » dit Rhys en se mettant à courir.

Les Gardiens firent irruptions dans le Manoir à toute vitesse et trouvèrent la porte légèrement entrouverte.

« Écho ! cria Rhys. Écho, où es-tu ? »

Rien.

« Cass ! Duverjay ! » s'écria Gabriel en bousculant Rhys tandis qu'ils faisaient simultanément irruption dans le salon, à l'étage principal. Il était vide, mais la baie vitrée du fond était grand ouverte. Un plateau de verre garni de fruits découpés et préparés gisait au sol, et Gabriel avisa le corps inconscient de Duverjay à côté.

Gabriel s'accroupit auprès du majordome et vérifia son pouls.

« Il est vivant, dit Gabriel à Rhys, qui sortait déjà dans le jardin arrière.

— A l'étage ! » lança Rhys par-dessus son épaule.

Gabriel se retourna pour obéir, mais il entendit un léger bruit qui venait de dehors. Il revint sur ses pas et sortit, puis suivit Rhys jusqu'au gymnase.

Écho était blottie juste derrière la porte d'acier du gymnase, qui était cabossée et pliée comme si elle n'était faite que d'une minuscule couche d'aluminium. Rhys s'agenouilla et attira sa partenaire sur ses genoux, la caressant et l'effleurant de ses lèvres tandis qu'elle sanglotait.

« Ils viennent, ils viennent de l'enlever ! s'écria Écho.

— Enlevé qui ? Mère Marie ? demanda Gabriel.

— Non, Cassie. Ils ont enlevé Cassie, gémit Écho. Ils ont essayé de m'enlever aussi, mais je me suis enfermée ici jusqu'à ce qu'ils renoncent. »

Gabriel se leva d'un bond, en regardant frénétiquement autour de lui. Bien qu'il n'eût entendu que trop bien les paroles d'Écho, cela ne l'empêcha pas de filer en sens inverse jusqu'à la maison et de fouiller le Manoir étage par étage dans un état de panique.

« Gabriel, il faut que tu arrêtes, dit Aeric lorsque Gabriel essaya sans succès d'entrer de force dans les quartiers de Mère Marie au dernier étage. Elle n'est pas là.

— Où est Mère Marie ? exigea de savoir Gabriel en s'adossant à la porte de chêne massif avant de se laisser glisser au sol. Comment est-ce qu'elle a pu laisser le Manoir sans protection ?

— Elle ne pouvait pas savoir que Père Mal parviendrait à entrer, » dit Aeric. Gabriel entendait bien la sagesse des paroles du Viking, mais à cet instant précis la logique ne lui était d'aucun secours.

« Qu'est-ce que je vais faire ? demanda Gabriel en s'empoignant les cheveux à deux mains. Il faut que je la trouve, Aeric. Je suis responsable d'elle et je l'ai laissée tomber. »

Aeric poussa un soupir.

« Je commencerais par essayer de la voir dans un miroir, tu ne crois pas ? suggéra le Gardien blond. Mieux vaut le faire maintenant que plus tard. J'ai le meilleur miroir de vision qui soit dans ma bibliothèque. Prends quelque chose qui lui appartient, quelque chose d'intime, et on va lancer quelques sorts de localisation.

— D'accord, » dit Gabriel en essayant de se reprendre. Il fallait qu'il se montre pratique et qu'il garde la tête froide, bien qu'à cet instant précis il n'eût qu'une idée en tête, celle de tuer Père Mal à mains nues de la manière la plus sanglante et viscérale possible. « Je descends dans une minute. Laisse-moi juste trouver un objet qui appartient à Cassie... »

Aeric hocha la tête et disparut, et Gabriel se rendit dans sa chambre. Il s'arrêta et prit l'un des chemisiers préférés de Cassie, puis le mit de côté. Pas assez intime. Il passa d'un pas décidé à la salle de bain et avisa sa brosse à cheveux, objet intime s'il en était. Il s'avança pour la prendre sur l'évier et la fit maladroitement tomber du rebord, l'envoyant valser sur le sol de marbre.

Gabriel s'accroupit pour la ramasser. Il s'interrompit en remarquant un long morceau de plastique posé sur le sol à côté de la poubelle. Un peu comme une brosse à dents, mais sans poils. Il le prit et le retourna.

« Indicateur de Taux d'Hormones, lit-il sur l'inscription du bâtonnet, avant de remarquer le petit cadre qui se trouvait au bout. Il y avait un gros signe + dans le cadre, mais Gabriel n'avait aucune idée de ce qu'il signifiait. Il fronça les sourcils et le jeta dans la poubelle. Ce ne fut qu'alors que Gabriel vit l'emballage. *Test de Grossesse*, disait la boîte.

La brosse à cheveux, oubliée, lui tomba des mains.

Cassie était... enceinte ?

CHAPITRE 12

La première sensation qu'éprouva Cassie fut, étrangement, un d'engourdissement. Elle flottait dedans comme dans un brouillard trouble, tandis que son esprit se déployait lentement hors de son état parfaitement vide de conscience.

Puis vint la douleur.

Cassie prit une brusque inspiration et revint à la surface, pour s'apercevoir qu'elle était étroitement liée de la tête aux pieds, les bras croisés sur la poitrine tel un pharaon attendant ses funérailles. Une cordelette fine lui mordait les poignets, les hanches et les chevilles. Les cordes sciaient par endroits sa peau sensible et privaient ses doigts et ses orteils de sang, ce qui expliquait l'engourdissement et la douleur.

Elle se tenait debout, le dos plaqué contre de la pierre froide et brute. Ses pieds étaient nus, et elle ne portait rien d'autre que la mince robe de soie dont elle était vêtue au Manoir... et un bandeau sur les yeux. Voilà qui était nouveau. Comment s'était-elle retrouvée les yeux bandés ?

Il lui fallut un moment, mais Cassie comprit. L'enlèvement lui revint, ou du moins un petit fragment. Elle se rappelait avoir accepté un plateau de thé vert proposé par Daisy, la nouvelle femme de chambre du Manoir. Elle se rappelait avoir grimacé lorsque le thé lui avait engourdi la bouche et la gorge. Elle se rappelait avoir vu un homme en costume sombre, le cerveau de plus en plus lent tandis qu'elle luttait pour s'échapper, pour comprendre pourquoi l'homme la soulevait et l'emportait...

La seule idée des herbes amères qu'on avait glissées dans son thé lui retourna l'estomac. Elle eut un haut le cœur. Une fois l'instant de nausée passée, sa première pensée fut pour le bébé. Les herbes allaient-elles faire du mal au bébé ?

Ses ravisseurs feraient mieux d'espérer que non, sinon, c'était un univers de souffrance qui les attendait. La mort, en fait. Cassie n'avait jamais tué d'humain ni de créature Kith auparavant, uniquement des démons, mais elle ferait des exceptions. Elle parvenait véritablement à imaginer le goût de leur sang sur sa langue, ce qui fit gronder son estomac. Ce qui, à son tour, la dégoûta et entraîna une nouvelle vague de hauts le cœur.

Cassie attendit qu'elle prenne fin, puis se concentra sur ce qui l'entourait. Elle remua les pieds, et s'aperçut rapidement qu'elle était debout dans de l'herbe. Elle se débattit contre ses liens, en essayant de se libérer, et fut récompensée d'un petit rire grave.

Une chair de poule glacée se répandit sur tout son corps. Elle connaissait cette voix, elle ne la connaissait que trop bien.

« Père Mal, » grogna Cassie.

On arracha le bandeau de sa tête, et elle battit des paupières dans la nuit éclairée par la lune. Tout autour d'elle se dressaient de vertigineux mausolées et des statues gardant des tombes. Cassie frissonna, une pure terreur envahissant ses veines.

« Je me demandais quand tu te réveillerais, Oracle. » Père Mal l'observait avec un sourire glaçant, et Cassie le dévisagea en retour, déroutée.

« Où suis-je ? demanda-t-elle. Seigneur, est-ce que c'est un cimetière ? Qu'est-ce qu'on fait dans un cimetière en pleine nuit ? Oh, bon sang, est-ce que je suis attachée à la pierre tombale de quelqu'un ? »

Elle mit de nouveau ses liens à l'épreuve, bien qu'elle sût que ses chances de s'échapper étaient nulles. Elle était quasiment certaine d'être attachée à une énorme croix de pierre.

« Cassandra, Cassandra. Tu me déçois, dit Père Mal en faisant claquer sa langue. Tu ne reconnais donc pas les Portes de Guinée quand tu les vois ? Nous sommes dans le Cimetière St. Louis, à la Troisième Porte. Tu devrais le savoir, vu que nous avons souvent parlé des Portes. » Il s'interrompit un autre long moment tandis que Cassie s'efforçait de recoller les fragments de ses paroles, puis poursuivit : « Tu étais l'un de mes atouts favoris, tu sais. Je faisais en sorte que tu sois mieux traitées que la plupart des autres.

La lèvre supérieure de Cassie se retroussa de dégoût.

« Je suis une personne, pas une possession, espèce d'enfoiré de cinglé. Vous ne pouvez pas garder un être humain en captivité comme ça. C'est mal. »

Les sourcils de Père Mal se haussèrent en ce qui ressemblait à une expression de surprise sincère.

« Ma chère, nous avions passé un accord. Tu voulais quitter le bordel à sang. Je voulais que tu me fournisses des visions. Nous avions passé un marché !

— J'étais une enfant quand j'ai dit oui et j'étais confrontée à la mort. Vous vous attendiez à ce que je vous serve sans me plaindre pendant combien d'années ? demanda Cassie, dont la fureur bouillonnait dans ses veines.

— J'attendais de toi que tu honores les termes de notre accord tel que nous l'avions négocié. Tu as signé un contrat, Cassandra. Si tout le monde devait mettre ses propres contrats de côté si facilement, le monde serait un endroit bien dur. » Sans laisser à Cassie le temps de répondre, Père Mal poursuivit : « C'est sans importance. Tu m'as prouvé que ta parole n'avait aucune valeur. C'est pourquoi je renonce à honorer ma part du marché, tout comme tu l'as fait.

— Vous allez faire quoi ? demanda Cassie.

— Je te renvoie au bordel, » dit Père Mal. Il s'approcha et passa un doigt le long de son bras nu, suivant ses cicatrices. « En temps normal, je prendrais ce que je veux et te laisserais à ta petite vie pathétique, mais tu as manqué à ton honneur. Tu es devenue si jolie depuis la dernière fois qu'ils t'ont bue,

Cassandra. Je pense que les Vampires t'accueilleront à bras ouverts, pas toi ? »

À sa grande honte, Cassie se remit à vomir. Son estomac n'avait jamais été aussi sensible auparavant, et voilà qu'il trahissait à présent sa peur à son pire ennemi.

« Nausées matinales ? » demanda Père Mal en lui tapotant le bras.

Cassie s'immobilisa et leva lentement les yeux pour croiser son regard.

« Qu'est-ce que vous avez dit ? demanda-t-elle.

— C'est drôle qu'on appelle ça des nausées matinales, non ? J'ai entendu dire que ça pouvait arriver à n'importe quelle heure du jour ou de la nuit. Aux alentours de minuit, par exemple, dit Père Mal en désignant du doigt la pleine lune.

— Je — je ne vois pas de quoi vous parlez, balbutia Cassie.

— Menteuse. Et pas douée pour ça, en plus. » Père Mal consulta son élégante montre de platine et fit à nouveau claquer sa langue. « On n'a plus le temps. J'espérais que ton Gardien ferait son apparition à temps pour voir le spectacle, mais je pense qu'il est trop lent. Dommage. »

Père Mal porta deux doigts à ses lèvres et émit un sifflement perçant, faisant sortir des ombres plusieurs silhouettes vêtues de robes noires.

« Qu'est-ce que vous faites ? » demanda Cassie en plaquant ses poignets contre la croix de pierre pour essayer d'y frotter la corde, dans l'espoir de l'user et de se libérer. C'était inutile, bien sûr ; elle était loin d'avoir suffisamment de temps.

« Je ne peux pas livrer l'Oracle aux Vampires comme ça, dit Père Mal en faisant cliqueter sa langue. Il va falloir que je la retire et que je la place dans un réceptacle... *plus docile*. »

Il frappa dans ses mains et deux autres hommes en robes noires apparurent, portant une femme inconsciente. Elle était frêle et pâle, ses cheveux aile-de-corbeau répandus sur la mince robe blanche qu'elle portait.

« Alice ! » s'écria Cassie, des larmes se formant dans ses yeux gris à la vue de son amie mollement étendue et apparemment sans vie.

Père Mal ouvrit un instant de grands yeux, puis il montra les dents à Cassie.

« Évidemment, vous vous connaissez toutes les deux, d'une manière ou d'une autre, siffla Père Mal. Deux fauteuses de trouble, voilà ce que vous êtes. Enfin, plus maintenant. Après cette nuit, j'aurai retiré deux problèmes de ma vie. Définitivement. »

Cassie essayait de rester calme, en se rappelant que l'Oracle se dresserait pour la protéger à l'instant où elle sentirait que sa vie était menacée. Elle s'obligea à rester immobile et silencieuse tandis que les hommes de Père Mal allongeait Alice sur le sol, son corps paraissant plus frêle que jamais tandis qu'ils la purifiaient et procédaient à son onction.

« Qu'est-ce que vous allez lui faire ? » lâcha Cassie à brûle-pourpoint au bout de quelques minutes, incapable de se contenir.

« À elle ? demanda Père Mal. Rien qu'elle ne mérite pas. Physiquement, elle ne sera pas blessée. Toi, en revanche... »

Père Mal brandit un long poignard d'aspect menaçant.

« Je vais tout te prendre, ma petite Cassandra. Quand je te jetterai aux Vampires, tu appelleras la mort de tes vœux, » l'informa Père Mal.

Père Mal passa la pointe du poignard le long de sa mâchoire et de sa gorge, mais sans transpercer sa peau. Cassie ferma les yeux et essaya d'invoquer l'Oracle, mais Père Mal rompit sa concentration.

« L'Oracle ne peut plus te protéger, à présent, Cassandra. Ce n'est plus sur toi qu'elle veille. »

Cassie le dévisagea sans comprendre.

« Que voulez-vous dire ? demanda-t-elle.

— Ton enfant, Cassandra. Franchement, je pensais que tu serais suffisamment intelligente pour savoir que l'Oracle se transmettra à ta fille. »

Fille.

Ce mot heurta Cassie comme un coup de poing dans le ventre, et elle fondit en larmes. Bon sang, de quoi Père Mal parlait-il ? Pire encore, qu'allait-il faire à son bébé ?

« Pleurer ne t'aidera pas, dit Père Mal en consultant à nouveau sa montre. Dans moins d'un quart d'heure, la cérémonie va commencer. Les Portes vont s'ouvrir, les esprits vont venir à mon secours, et j'aurai alors ce que je désire.

— Et qu'est-ce que c'est ? demanda Cassie entre ses larmes.

— Tu as donné une nouvelle vie à l'Oracle, dit Père Mal en penchant la tête pour observer le corps étendu de Cassie. En le faisant, tu lui as donné une âme, un esprit. À présent, je vais simplement séparer l'esprit de la chair, dit-il en pointant son poignard vers le ventre de Cassie.

— Non, souffla-t-elle tandis qu'une compréhension écœurante inondait son esprit. Non, vous ne pouvez pas !

— Si. Et ensuite, mes esprits ancestraux guideront l'Oracle vers son nouveau Réceptacle, dit-il en désignant la silhouette immobile d'Alice.

— Vous tueriez mon enfant ? demanda Cassie, puis elle se mit à supplier. Vous voulez l'Oracle à ce point ? Prenez-moi à la place. Prenez-moi, servez-vous de mon enfant comme garantie. Je ne vous fuirai plus jamais. »

Père Mal eut un nouveau rire grave, et le cœur de Cassie fit un saut périlleux.

« Nous avons déjà établi le fait que ta parole n'a aucune valeur à mes yeux, Cassandra. Elle est aussi vide que les promesses de ma charmante Alice, » dit-il en se détournant pour contempler Alice.

Quelque chose dans la manière dont il avait prononcé son nom éveilla une pensée dans un coin de l'esprit de Cassie, mais à cet instant précis, elle n'arrivait pas à la formuler.

« Père Mal, je vous en prie ! s'écria-t-elle. Je ferai tout, n'importe quoi ! »

Il se contenta de soupirer.

« Tu ne peux rien faire hormis attendre, » dit-il en se détournant avant de s'éloigner pour s'entretenir à voix basse avec l'un des hommes en robe.

Cassie ravala un sanglot, le visage et le cou désormais humides de larmes. Gabriel et les autres Gardiens n'étaient nulle part en vue, et il semblait qu'aucun secours n'allait venir à elle.

Elle avait eu son partenaire pendant moins de trois mois, et son enfant seulement une partie de ce temps. Comment pouvait-elle les perdre tous les deux maintenant, alors qu'elle venait à peine de les trouver ?

Cassie ferma les yeux et fit la seule chose qui lui venait à l'esprit : prier.

CHAPITRE 13

« **B**on sang, dit Aeric en jetant un coup d'œil au miroir de vision par-dessus l'épaule de Gabriel.

— Deux résultats, marmonna Gabriel en secouant la tête. D'une manière ou d'une autre, Père Mal cache l'endroit où se trouve Cassie. Un sortilège d'occlusion, peut-être.

— Comment est-ce qu'on décide où aller en premier ? » demanda Rhys, qui faisait les cent pas non loin de là. Lorsque Rhys et Asher étaient arrivés, Gabriel avait choisi d'apporter le miroir de vision au rez-de chaussée sur la table de conférence, ce qui leur donnait à tous un peu de place pour respirer et se déplacer. Faire entrer quatre types costauds dans les quartiers d'Aeric s'était rapidement avéré inconfortable.

« Tirez à pile ou face, » suggéra Asher. Gabriel se retourna et observa l'ancien soldat baraqué, les sourcils froncés face à la désinvolture avec laquelle Asher était affalé sur l'un des divans du Manoir. Il paraissait totalement détaché, comme si l'enlèvement de la partenaire de Gabriel était une insignifiante. Certes, il n'avait parlé du test de grossesse qu'à Rhys, mais ça n'aurait pas tué Asher d'avoir l'air de se rendre compte de la gravité de la situation.

Bon sang, même Aeric arrivait à paraître un peu stressé, et les émotions d'Aeric étaient à peine visibles.

« Ne dis plus rien jusqu'à ce que je te le demande, dit Rhys, s'interposant avant que Gabriel n'ait pu crier sur l'étrange nouveau membre du personnel du Manoir. Et Gabriel, toi et moi, on va dans un endroit, et Aeric et Asher vont dans l'autre. Tu choisis. Dans les deux cas, on trouvera Cassie, je te le promets. »

Gabriel étira son cou, ce qui produisit plusieurs craquements sonores. Il se retourna vers le miroir de vision et la carte déployée à côté. Une main tendue au-dessus de la carte, il ferma les yeux et inspira profondément pour se recentrer. Il écarta les doigts et fit le vide dans son esprit, puis décrivit des cercles de sa main en s'efforçant d'obtenir une impression.

Il visualisa Cassie dans son esprit, en mettant de côté la panique qui affolait son cœur au sujet de leur possible enfant à naître. Rhys avait appris à Gabriel à organiser ses priorités, aussi le fit-il. Il pensa à Cassie dans son lit, allongée dans ses bras. Il convoqua le souvenir de son parfum, vanille et épices. La douceur de sa peau, la texture soyeuse de sa longue crinière auburn. La tendresse dans ses beaux yeux gris lorsqu'elle le regardait, l'amour qu'il voyait inscrit en eux...

Le poing de Gabriel s'abattit sur la table. Il baissa les yeux et s'aperçut que sa jointure était en plein sur l'une des deux options, un ensemble de cimetières près du quarter Tremé où le tourisme et l'activité Kith étaient également élevés.

« Je suppose que c'est là qu'on va, dit Gabriel en lançant un coup d'œil à Rhys. Aeric, vous deux, vous allez au Cimetière Métairie. Nous, on va aux Cimetières St. Louis.

— Numéro Un ou Deux ? » demanda Asher. Il paraissait à deux doigts de bâiller, ce qui poussa Gabriel à bout. Gabriel lui décocha un regard moqueur.

« Si c'était précis à ce point, je l'aurais déjà sauvée sans ton aide, s'emporta Gabriel. Je ne peux qu'espérer que si jamais tu deviens Gardien, je pourrai te regarder traverser ça avec ta propre partenaire. »

Asher haussa brusquement les sourcils puis les fronça et se leva en secouant la tête pour suivre Aeric jusqu'au gymnase et se préparer pour leur mission.

L'équipe se mit en tenue en un temps record, mais aux yeux

de Gabriel chaque minute semblait s'éterniser avec une lenteur infinie. Lorsque Rhys et lui furent enfin dans la voiture, filant à toute vitesse dans la direction opposée à celle d'Asher et Aeric, Gabriel vérifia à nouveau ses pistolets, son épée et sa baguette avant de fermer les yeux et de se concentrer à nouveau sur Cassie.

Lorsque Rhys et Gabriel furent à une dizaine de pâtés de maisons des cimetières, Gabriel se mit à ressentir de brefs éclairs d'émotions de la part de Cassie. Entre deux vagues de peur déchirante et de panique s'insérait une sorte d'acquiescement silencieux, comme si elle était près d'accepter sa situation. Gabriel ouvrit les yeux et martela le tableau de bord, faisant sursauter Rhys.

« Elle pense que je ne vais pas aller la secourir, gronda Gabriel. Putain de merde, comment est-ce qu'elle peut croire ça ?

— Je ne suis pas un expert en matière de femmes, dit Rhys en regardant droit devant d'un air sinistre tandis qu'il brûlait un feu rouge à bord du 4x4, pied au plancher. « Dans tous les cas, Cassie va voir ta tronche dans quelques minutes. Concentre-toi sur elle, essaie se savoir dans quel cimetière elle est. »

Gabriel ferma les yeux. Lorsqu'ils s'engageaient sur la route qui passait entre les deux cimetières, Gabriel leva la main et tendit le doigt.

« Le Numéro Un, alors, dit Rhys. Ça me donne un mauvais pressentiment. La troisième Porte de Guinée est censée s'y trouver. »

Gabriel n'ajouta rien, il ouvrit les yeux et regarda Rhys garer la voiture près du portail de fer forgé élaboré à l'entrée du cimetière. Dès qu'ils furent descendus de la voiture, Gabriel faillit faire un bond dans les airs lorsqu'un *crac* sonore retentit trop près de lui, suivi d'une pluie d'étincelles. De la magie ?

« Des gosses avec des pétards, » dit Rhys en grimaçant, le doigt tendu vers un groupe d'adolescents qui fuyaient les lieux avant de disparaître à un angle. Les craquements, détonations et étincelles lumineuses diminuèrent mais ne disparurent pas entièrement, les garçons ne s'étaient donc pas beaucoup éloignés. Pour leur bien, Gabriel espérait qu'ils resteraient hors du cimetière pour ce soir. Père Mal n'hésiterait pas à abattre une tierce personne humaine, surtout quelqu'un d'aussi agaçant qu'un gamin avec des feux d'artifice.

« On y va, » dit Gabriel en s'élançant au trot. Avec un peu de chance, le bruit des pétards couvrirait l'approche de Gabriel et Rhys, leur permettant de s'approcher de la planque où se tapissait Père Mal sans se faire remarquer.

Lorsqu'ils entrèrent dans le cimetière, ils s'aventurèrent dans un labyrinthe sans fin de hauts mausolées de briques et de ciment qui tombaient en ruines, de statues d'anges en pleurs et de croix de pierre de toutes les tailles et formes possibles. Le cimetière était ancien mais bien entretenu, avec des fleurs et des offrandes déposés çà et là en gage de respect envers les défunts. Gabriel patrouillait régulièrement dans ce cimetière en particulier, car on disait qu'il abritait l'une des figures les plus célèbres de la Nouvelle-Orléans, la prêtresse Vaudou Marie Laveau.

Gabriel ouvrit la voie vers les parties les plus anciennes du cimetière. Le fait de penser à la tombe de Marie Laveau lui rappela ce que Rhys avait dit plus tôt au sujet des Portes de Guinée. La tombe de Marie Laveau était censée être l'une des Portes, et Gabriel supposait qu'elle attirerait Père Mal, qui récoltait ses informations parmi les murmures et les anciens parchemins.

Ils ne mirent pas longtemps à trouver Père Mal. Quelques-uns de ses gorilles en costume habituels étaient disséminés en un vaste cercle, appuyés contre les tombes et montaient la garde. Comme l'avait soupçonné Gabriel, Père Mal ne se tenait qu'à quelques mètres de la tombe supposée de Marie Laveau. Autour de lui se trouvait au moins une vingtaine d'hommes vêtus de robes noires à capuche, une sorte de tenue de cérémonie. Les hommes en robes étaient plus petits et moins baraqués que les gardes de Père Mal, mais Gabriel était prêt à parier qu'ils pratiquaient le Vaudou. Il se pouvait bien qu'ils fussent plus dangereux, surtout du fait de se tenir en un tel lieu de pouvoir.

La tombe elle-même était petite, les briques s'effritaient et elle semblait à la limite de l'effondrement. La tombe tout entière était recouverte de minuscules X tracés à la craie, laissés par des visiteurs qui espéraient une faveur de la part de la célèbre Reine du Vaudou. Autour de la tombe, on s'enfonçait jusqu'aux genoux dans les fleurs, les perles et les bibelots, sans compter les minuscules sachets de grigris.

Père Mal était vêtu de son smoking habituel et tenait en main un terrifiant poignard d'argent. Dans toute cette mêlée d'hommes en robe, Gabriel mit un moment à repérer Cassie. Elle tournait le dos à l'endroit où se trouver Gabriel, debout sur un caveau de pierre surélevée, attachée de la tête aux pieds à une haute croix de pierre. Il ne voyait pas son visage, mais sa tête pendait mollement de côté. Lorsque Gabriel essaya de sentir ses émotions, il ne trouva rien. Il vit rouge lorsqu'il comprit qu'elle était inconsciente et que c'était probablement Père Mal qui l'avait mise dans cet état. Sa farouche petite partenaire ne s'évanouissait pas facilement.

Une fois assuré de ce que devenait Cassie, Gabriel remarqua un dernier personnage dans le tableau. Une petite brune frêle en chemise de nuit blanche était allongée par terre, aussi pâle et immobile qu'un cadavre. Au bout d'un moment, il vit sa poitrine se soulever et s'abaisser, ce qui signifiait qu'elle était toujours en vie d'une manière ou d'une autre, bien que l'inconnue parût être dans le coma, ou pire. Possédée, ensorcelée... qui savait ?

Gabriel sortit sa baguette et son épée, prêt à se battre pour se frayer un chemin jusqu'à Cassie. La main de Rhys sur son épaule le surprit, et Gabriel leva les yeux sur son ami et collègue Gardien avec quelque chose qui ressemblait à des intentions meurtrières. Rhys lui adressa un regard dur et leva un doigt, recommandant la patience.

Rhys sortit son téléphone portable et se mit à envoyer des textos, et Gabriel eut toutes les peines du monde à demeurer immobile. Au bout de quelques instants, Rhys s'approcha et murmura de la voix la plus basse possible : « On est largement en sous-nombre. Père Mal aura étripé ta nana avant qu'on ait pu s'approcher d'elle à moins de trois mètres.

— On ne peut pas attendre Aeric, dit Gabriel. Père Mal va bientôt passer à l'action, je le sens.

— Laisse-moi en éloigner d'abord quelques-uns, au moins, dit Rhys. Histoire qu'on ait une chance au combat.

— J'aurai besoin de toi à mes côtés, dit Gabriel en observant attentivement Rhys.

— Ça va. Je vais payer ces gamins pour qu'ils fichent un beau bazar et qu'ils détournent l'attention de tout le monde, dit Rhys. C'est le mieux qu'on puisse faire pour l'instant.

— Fais en sorte qu'ils le fassent aussi loin que possible, et ensuite, prend la fuite. Je ne veux pas que Père Mal te rattrape si jamais ça part en vrille.

— Bien sûr. Fais de ton mieux, et je reviens dès que je peux. »

Gabriel hocha lentement la tête, puis fit signe à Rhys d'y aller. Il attendit pendant plusieurs minutes tendues et sursauta lorsque Rhys réapparut derrière lui à pas silencieux. Rhys tendit le doigt en direction de du portail avant, puis fit signe à Gabriel d'être patient. Fort heureusement, les pétards se mirent à crépiter tout autour d'eux quelques instants plus tard.

Père Mal s'éloigna d'environ un mètre de Cassie tandis que des étincelles, des craquements et des explosions résonnaient dans tout le cimetière. Les silhouettes en robes et les gardes s'éloignèrent pour mener l'enquête, et Rhys les suivit avec une expression de sombre détermination. Gabriel se concentra à nouveau sur Cassie et Père Mal, et nota qu'il ne restait désormais plus que deux prêtres pour assister Père Mal.

L'épée et la baguette sorties, Gabriel chargea. À la seconde où Père Mal vit Gabriel, il revint vers Cassie et posa le poignard contre sa gorge. Gabriel frappa d'abord les deux hommes en robe, en lançant deux sorts jumeaux qui les terrassèrent net. Un léger frémissement traversa Gabriel, comme une connaissance charnelle. Il n'exécutait plus de sortilèges contre des gens, pas depuis la mort de Caroline, mais voilà qu'il tirait à présent sans hésiter.

Tout pour sauver Cassie.

Il se campa devant Père Mal, baguette et épée en main. Père Mal se tenait à quelques centimètres de la silhouette attachée de

Cassie. Elle avait la tête baissée, et le rideau d'un rouge flamboyant de sa chevelure dissimulait son visage. Père Mal avait le cran de paraître presque détendu tandis qu'il tenait la lame longue de quinze centimètres de long contre la clavicule de Cassie, à un cheveu de trancher son cou vulnérable.

« Partez maintenant, et je ne vous poursuivrai pas, dit Gabriel. C'est la meilleure offre qui vous sera faite. »

Père Mal rejeta la tête en arrière et éclata de rire, ses dents blanches étincelantes au clair de lune.

« Tu es un imbécile, Gardien. Et tu es en retard, par-dessus le marché, dit Père Mal en levant sa main libre pour montrer sa montre à Gabriel. Encore quelques secondes. Est-ce que tu le sens, Gardien ? »

Gabriel ressentait effectivement quelque chose. Outre sa fureur étouffée et la peur glaciale qui emplissait sa poitrine, il ressentait une agitation, un pressentiment….

Au loin, les cloches d'une église sonnèrent l'heure. Douze coups lents, et à chacun de ces sons graves, Gabriel sentait l'énergie se former et s'accroître autour de lui. Les ténèbres parurent s'épaissir et se rassembler d'une manière qui fit dresser tous les poils du corps de Gabriel. L'air s'emplit d'une odeur métallique et aigre, qui sentait le vieux et le décrépit. Gabriel n'avait aucune expérience dans ce domaine de la magie, mais il était pratiquement certain que les paroles de Rhys étaient en train de se vérifier.

Père Mal était en train d'ouvrir l'une des Portes de Guinée, s'octroyant ainsi l'accès au monde des esprits.

« Ne — » commença Gabriel, mais il était effectivement trop tard.

Un brouillard obscur glissa hors des ténèbres, se leva et prit forme tandis que retentissait le dernier son de cloche. Le brouillard forma des créatures tordues et anguleuses faites de mi-ombre, sans substance et pourtant terrifiantes. Il y en avait peut-être une douzaine entre Gabriel et Cassie, et d'autres juste à la limite du champ de vision de Gabriel. Il tendit la main vers la plus proche et la transperça de son épée. Le métal traversa l'esprit avec aisance, sans l'inquiéter un seul instant.

Gabriel avait beau mourir d'envie d'avoir quelque chose à combattre, quelque chose lui disait que les créatures n'étaient pas davantage en mesure de faire du mal à Cassie que Gabriel ne pouvait les transpercer de son épée. C'était déjà ça, au moins.

« Mes ancêtres, » ronronna Père Mal, et les créatures se tournèrent vers lui, tout en glissant de plus en plus près d'eux. Deux d'entre elles tendirent vers Cassie des doigts d'aspect cruel et palpèrent sa silhouette inconsciente avec une curiosité évidente.

« Arrêtez ça ! dit Gabriel en avançant d'un pas de plus.

— Ah, ah ! avertit Père Mal en appuyant le poignard contre sa chair jusqu'à l'apparition d'une mince ligne rouge de sang. Pas un pas de plus, sorcier. Tu peux rester regarder, bien sûr. Il ne faudrait pas que tu rates l'occasion de voir l'esprit de ton enfant, n'est-ce pas, Papa ? »

Gabriel sentit de la bile lui montait à la gorge tandis qu'il décryptait les paroles de Père Mal. Sans lui laisser le temps de comprendre, sans lui laisser le temps d'ajouter un mot, Père Mal plaqua sa main sur l'abdomen de Cassie et ferma les yeux, d'un geste qui confirma les pires craintes de Gabriel.

Papa.

Gabriel déglutit, en s'efforçant de trouver un moyen de pouvoir porter un coup à Père Mal, lui lancer un sort. L'éloigner suffisamment de Cassie pour que Gabriel puisse le combattre correctement sans craindre le poignard sur la gorge de Cassie.

Père Mal l'ignora et se mit à psalmodier une série de mots dans une langue inconnue. Au bout d'un moment, de la lumière filtra entre ses doigts écartés, et Père Mal ouvrit les yeux avec un grand sourire.

« La voilà, Papa, » dit Père Mal en éloignant lentement sa main du ventre de Cassie.

Une minuscule boule de lumière blanche étincelante flottait dans son sillage, et à la seconde où Gabriel la vit, son âme fut agitée d'un soubresaut. Tout comme la première fois qu'il avait posé les yeux sur Cass, il sut sans le moindre doute que cette chose, ce minuscule éclat de lumière, était à lui.

Son enfant.

« Reste bien sage et ne bouge pas, Gardien, avertit Père Mal. Ça ne me pose aucun problème de tailler ta petite partenaire en pièces après la manière dont elle m'a trahi. Elle mérite bien pire. »

Les lèvres de Gabriel se retroussèrent, montrant ses dents, mais toute son attention était concentrée sur la lumière flottante.

« Puissants ancêtres, dit Père Mal d'une voix désormais sonore. Veuillez, je vous prie, conduire le nouvel Oracle à sa nouvelle demeure. »

Père Mal désigna du doigt la fille aux cheveux noirs étendue sur le sol.

« Non, » murmura Gabriel, dont le regard allait et venait rapidement entre Cassie et la lueur vacillante.

À sa grande surprise, la lumière cessa un instant de bouger, puis dériva vers lui de quelques centimètres. L'avait-elle... reconnu, d'une manière ou d'une autre ?

« Oui, viens me voir, la pressa-t-il, en lui faisant signe d'approcher avec sa baguette.

— Silence ! » tonna Père Mal.

Il fit glisser le poignard le long de l'épaule de Cassie, suscitant de sa part un son grave, et un lent filet de sang coula le long de son corps, imprégnant sa chemise blanche. L'éclat de voix de Père Mal parut faire peur à la petite silhouette flottante, et elle se déplaça à nouveau vers Gabriel. Quelques centimètres encore, cette fois ; elle avançait lentement, centimètre par centimètre.

Gabriel s'aperçut qu'il ne savait pas du tout ce qu'il ferait de la petite lueur si elle l'atteignait. Il n'avait aucune possibilité de veiller à sa sécurité à découvert, pas sans le ventre de Cassie pour l'abriter et la nourrir. En levant brièvement les yeux vers Père Mal, qui était complètement focalisé sur la lumière et marmonnait des malédictions aux esprits rassemblés, Gabriel sut qu'il fallait qu'il tente un coup. Quelque chose, n'importe quoi.

Les esprits obscurs commencèrent à encercler la petite lumière, et Gabriel ne put plus attendre. Il rassembla tout le pouvoir qu'il avait en lui, et concentra toute sa volonté sur un sort pour écarter brutalement Père Mal de Cassie. Il tint aussi longtemps qu'il le put, les yeux rivés sur l'esprit vacillant, et relâcha alors son sortilège en un rayon éclatant qui alla, en un arc grésillant d'où s'échappaient des étincelles, percuter Père Mal en pleine poitrine.

Rhys apparut de nulle part de l'autre côté de la clairière, tenant quelque chose dans sa main. Tandis que Gabriel s'élançait en direction de Cassie et que Père Mal volait en arrière en agitant les bras, Rhys se déplaça vers la tombe de Marie Laveau et entreprit d'inscrire des runes à la craie sur toute sa largeur.

Un bruit strident d'aspiration retentit dans l'air et les silhouettes d'ombre et de brume reculèrent, apparemment repoussées par la magie, quelle qu'elle fût, que Rhys avait pratiquée. Gabriel s'interrompit lorsqu'il atteignit la petite lumière.

« Il faut que tu retournes d'où tu viens, » lui dit-il en la prenant doucement dans ses mains en coupe. Tout en veillant précautionneusement à ne pas laisser la lumière toucher sa peau, il la reconduisit en direction du corps inerte de Cassie.

À la seconde où la lueur atteignit Cassie, elle monta en flèche jusqu'à son cœur. Elle sembla hésiter, incertaine.

« Vas-y, la pressa Gabriel. Tu seras bientôt là, je te le promets. »

La lueur pénétra dans la peau de Cassie, et Cassie l'absorba avec une exclamation haletante. Elle leva brusquement la tête, révélant son visage stupéfait.

« Gabe ? croassa-t-elle en se débattant contre les cordes qui la retenaient.

— Je suis là, my darling. Ne bouge pas, » dit Gabriel, qui remit sa baguette au fourreau et trancha ses liens du bout de son épée.

Cassie bascula en avant une fois libre, les membres paralysés, et Gabriel laissa tomber son épée pour la rattraper dans ses bras. En se retournant, il tomba sur Rhys qui brandissait son épée en direction de Père Mal, qui semblait pris d'une fureur tonitruante.

« Vous autres Gardiens ne savez rien, cracha Père Mal. Vous ne pouvez pas m'arrêter.

— Ah ouais ? » tonna la voix d'Aeric, plus forte que Gabriel ne l'avait jamais entendue chez lui.

Aeric et Asher apparurent de part et d'autre de Rhys, acculant Père Mal afin qu'il fût bloqué sur trois côtés.

« En effet, dit Père Mal en retrouvant le large sourire qui le caractérisait. Vous avez peut-être le futur Oracle, mais j'ai encore la Tierce Lumière. »

Il tendit un doigt osseux en direction de la petite brune sur le sol, qui gisait désormais à plus d'un mètre derrière lui et hors de portée des Gardiens. Gabriel remarqua qu'Aeric s'était raidit en regardant la femme. Aeric montra les dents, et son visage se tordit tandis qu'il luttait pour se contrôler.

« Partenaire, siffla Aeric entre ses dents serrées.

— Ne t'en fais pas, petit ours. Je te rends service, d'une certaine manière, dit Père Mal presque sur le ton de la conversation. Celle-ci dépasse de loin tout ce que tu pourrais maîtriser. »

Aeric bondit sur Père Mal, laissant tomber son épée au sol avec fracas. Père Mal recula d'un pas net et se pencha pour trouver la fille, et en un clin d'œil, tous deux disparurent. Les bras d'Aeric se refermèrent sur le vide, et un grondement jaillit, arraché à sa poitrine.

« Aeric — » commença Rhys, mais ses paroles furent vaines.

Aeric se releva en trébuchant et carra ses épaules. Il rejeta la tête en arrière et poussa un rugissement à ébranler les os et faire éclater les tympans, qui devint de plus en plus fort au point que Cassie se déroba dans les bras de Gabriel, tremblante de peur. C'était un son invraisemblable, aucun ours n'aurait pu produire un tel bruit…

Sans prévenir, le corps d'Aeric se mit à étinceler et à ondoyer, puis un éclair de lumière aveuglant le consuma. Gabriel eut un mouvement de recul et battit des paupières, entraînant Cassie tandis qu'il reculait d'un pas trébuchant. Il sentit un vent surnaturel souffler sur son corps tandis que sa vision s'éclaircissait, et resta bouche bée.

Aeric avait disparu. À sa place, qui déployait des ailes de six mètres de long recouvertes d'un or incroyablement éblouissant, se tenait...

Un foutu *dragon*. Il s'éleva dans le ciel nocturne avec une aisance pleine de grâce, et en quelques instants, il fut hors de vue.

Aeric avait disparu.

CHAPITRE 14

Cassie resta accrochée à Gabriel pendant tout le trajet de retour au Manoir. Ils n'avaient pas échangé plus d'une dizaine de mots ; Gabriel était de toute évidence trop tendu pour avoir une longue discussion. Il l'avait cueillie dans ses bras dans le cimetière, en la serrant si fort qu'elle parvenait à peine à respirer, et ne l'avait pas posée un seul instant depuis. Pour sa part, Cassie était épuisée et satisfaite de laisser son partenaire la garder jalousement et la protéger autant qu'il le voulait.

Après sa frayeur de ce soir, être dans ses bras était le réconfort le plus profond qui fût. Ses mains tremblaient encore lorsqu'elle pensait à tout ce qu'ils avaient failli perdre, et le contact de Gabriel était la seule chose qui apaisât ses craintes et ses inquiétudes.

Lorsqu'ils entrèrent dans le Manoir, il la porta directement jusque dans le séjour et la déposa avec douceur sur l'un des divans. Il s'agenouilla auprès d'elle et posa sa main en coupe sur sa joue, puis leva son visage pour lui donner un profond baiser chargé d'émotion.

« Tout ce que je veux, c'est t'emmener à l'étage et te mettre dans mon lit. Notre lit, se reprit-il, une pointe d'amusement tendu faisant ressortir la fossette sur sa joue. Il faut d'abord qu'on mette les choses au point ici, mon amour. Ça va aller, pendant quelques minutes ?

— Tu vas rester avec moi ? » demanda Cassie en se mordant la lèvre. Elle détestait sa faiblesse à cet instant, mais elle haïssait encore plus l'idée de perdre Gabriel de vue.

— Bien sûr. Je n'irai nulle part, assura Gabriel avant de lui donner un autre long baiser. Il faut que tu prennes part à cette discussion, autant que nous tous. Tu fais partie de la famille des Gardiens à présent, et tu es tout aussi mêlée à cette folie que le reste d'entre nous. »

Cassie hocha la tête. Cette nuit-là, Père Mal avait failli la blesser de manière irréparable et avait menacé de faire encore pire. Elle passa sa main sur la peau nue de son bras et réalisa qu'elle n'avait pas ses gants. Ses cicatrices étaient exposées, tout le monde pouvait les voir, et pourtant...

Gabriel remarqua son instant de malaise et serra sa main dans la sienne.

« Tu veux que j'aille chercher tes gants ? » demanda-t-il.

Cassie lui sourit avec douceur et reconnaissance, puis secoua la tête.

« Non. Tu avais raison. Les Gardiens sont ma famille à présent, et je ne me cacherai pas d'eux. Je crois que je n'en ai pas besoin, plus maintenant. »

Gabriel la serra à nouveau étroitement dans ses bras et l'embrassa sur le sommet du crâne. Avant qu'ils n'aient pu poursuivre leur conversation, les autres Gardiens arrivèrent en groupe bruyant, un débat animé déjà en cours. Rhys et Écho menaient la charge, suivis d'Asher qui arborait une expression inflexible. Mère Marie et Duverjay étaient sur leurs talons. Mère Marie murmura quelque chose au majordome d'une voix basse et sèche. Cairn fut le dernier à entrer dans la pièce, sa fourrure lisse étincelante tandis qu'il sautait sur la table de conférence avec une allure et une attitude tout à fait royales.

Gabriel aida Cassie à se lever, bien qu'elle se sentît désormais beaucoup plus stable, et ils rejoignirent le reste du groupe à l'imposante table de chêne.

Écho se leva d'un bond et vint serrer Cassie dans ses bras.

« Je suis si heureuse que tu ailles bien, dit Écho, les yeux légèrement larmoyants. J'aurais voulu pouvoir empêcher Père Mal de t'enlever. Je suis désolée de ne pas avoir pu faire plus.

— Franchement, ça va, dit Cassie. J'aurais voulu pouvoir faire plus, moi aussi. Ils nous ont tous eu par surprise.

— Il faut qu'on *anéantisse* Père Mal, dit Écho en se glissant au fond de son siège tout en abattant ses mains sur la table. Il ne peut pas entrer chez nous comme ça et enlever des gens !

— Je ne comprends pas comment c'est arrivé, dit Gabriel d'un ton nettement menaçant en se tournant vers Mère Marie. Les protections du Manoir étaient censées être impénétrables. Je ne peux pas laisser ma partenaire ici, en sachant que Père Mal peut entrer allègrement ici quand ça lui chante. C'est inacceptable. »

Mère Marie haussa un sourcil et pencha la tête, et l'espace d'un instant Cassie craignit que son aînée ne réplique par une pique, mettant ainsi le feu aux poudres d'un conflit que personne ne pourrait gagner. Au lieu de quoi, Mère Marie la surprit.

« J'ai sous-estimé notre ennemi, concéda Mère Marie avec une moue. Ça ne se reproduira pas.

— Mais comment est-il entré ? » demanda Asher, complètement professionnel.

Cairn se leva et bondit au milieu de la conversation de sa voix semblable à un ronronnement rauque et voilé.

« Il semblerait qu'il ait exercé une pression sur l'une de nos femmes de ménage, dit le chat, dont les moustaches tressaillirent. Elle est entrée il y a quelques jours, en empestant la peur. J'aurais dû l'examiner plus minutieusement. Le passé du personnel a été vérifié et ils ont fourni de nombreuses références, mais il semblerait que Père Mal ait racheté les dettes de jeu de cette femme et l'ait contrainte à l'aider à briser temporairement les protections. C'était une erreur. »

Il y eut un silence de quelques instants.

« Il faut qu'on interroge tout le personnel, maintenant, dit Rhys. Combien de Kith travaillent ici ?

— Sept, dit Duverjay. Je voudrais m'excuser personnellement d'avoir laissé cette femme entrer dans le Manoir. Je considère qu'il est de mon ressort de gérer le personnel, et si je m'étais seulement douté...

— Inutile de discuter de ce qui est fait, intervint Mère Marie en agitant la main. Nous allons d'ores et déjà passer à des mesures de sécurité plus importantes. En réalité, c'est pour cette raison qu'Asher a été introduit parmi nous. C'est lui qui va prendre les rênes dans ce domaine.

— Qu'est-ce que tu comptes faire ? demanda Gabriel à Asher.

— Je vais installer un système de sécurité intégral de pointe, pour commencer. Je vais aussi suggérer qu'on mette en place un roulement, qu'on s'assure qu'il y ait toujours au moins un Gardien au Manoir. Et on aura un garde du corps pour Écho ou Cassie chaque fois qu'elles quitteront le Manoir, » expliqua Asher. Face au regard sceptique d'Écho, il ajouta : « Un garde du corps discret. Vous vous rendrez à peine compte de sa présence. Une précaution, jusqu'à ce qu'on ait réglé cette histoire avec Père Mal. »

Gabriel hocha la tête, visiblement satisfait. Cassie n'aimait pas l'idée d'être surveillée à chaque instant de sa vie éveillée, mais elle n'était pas non plus prête à prendre le moindre risque. Pas après ce soir. Pas avec... sa fille.

Cassie perdit un instant le fil de la conversation, ruminant l'insistance de Père Mal sur le fait que son enfant serait une fille. Même à présent, Cassie était trop dépassée par cette idée, celle de porter un enfant. L'enfant de Gabriel.

Mais tout de même, elle était ravie à l'idée d'avoir une fille. Plus que ça, en réalité. Lorsqu'elle se concentrait sur l'intérieur, qu'elle examinait la nouvelle vie en train de s'épanouir en elle, le mot fille semblait tout simplement... juste.

Un sourire incurvait ses lèvres, et elle traçait des cercles sur la table du bout de son doigt. L'épuisement la tiraillait à présent que sa peur commençait à s'estomper. Elle avait du mal à garder les yeux ouverts, mais elle s'efforça de se concentrer sur la conversation.

« Il n'y a rien que l'on puisse faire contre Père Mal ce soir, disait Mère Marie. Cairn et moi avons retravaillé tous les sorts de protection, et tout le personnel extérieur a été renvoyé chez lui pour l'instant. Nous ne pouvons pas avancer davantage en ayant si peu dormi, et pas sans Aeric. »

Un moment de tension s'étira tandis que tout le monde pensait au troisième Gardien.

« Il faut que je sache... dit Rhys, en lançant à Mère Marie un regard dur. Étiez-vous au courant qu'il n'est pas un ours métamorphe ?

— Bien sûr, dit Mère Marie, l'air offensé. C'est la raison pour laquelle je l'ai choisi. Il en reste si peu à notre époque, et Aeric est l'un des plus anciens et des plus puissants dragons encore en vie.

— Et pourtant, il a quand même une dette envers vous, s'interrogea Écho à voix haute, s'attirant un regard mauvais de la part de Mère Marie.

— Je ne comprends pas pourquoi vous ne nous l'avez pas tout simplement dit, intervint Gabriel. On devrait savoir avec qui on travaille, non ? »

Mère Marie lui adressa un sourire amer et haussa les épaules.

« Aeric est quelqu'un de secret. Les dragons ne sont pas compris dans notre monde. Ils sont même traqués. Si Père Mal a ne serait-ce qu'un vague soupçon de la véritable nature d'Aeric, il pourrait être encore plus en danger que sa future partenaire. Je crois comprendre que nous avons découvert la Tierce Lumière ce soir ?

— Oui, dit Rhys en hochant la tête. Inconsciente, probablement droguée et certainement enchaînée dans un trou de ver quelque part. Aeric a un dur chemin qui l'attend. On ne sait même pas comment elle s'appelle, et encore moins par où commencer pour la retrouver.

— Alice, » dit Cassie. De surprise, tout le monde se tourna vers elle, l'exhortant à expliquer. « On s'est connues dans la Cage à Oiseaux. Elle est aussi mystérieuse qu'Aeric, mais... d'après le peu que je sais, je peux comprendre pourquoi ils seraient destinés l'un à l'autre. Alice a un pouvoir que dont je suis loin d'imaginer la profondeur ou la nature. C'est terrifiant.

— Un dragon et sa partenaire... voilà qui sera volatil, » dit

Cairn. Cassie était pratiquement certaine que le chat souriait à demi, si une telle chose était possible.

La conversation tournait en rond, tout le monde se posait des questions sur Alice et Aeric, les dragons, et... sur la nature d'Alice, quelle qu'elle fût. Cassie rapprocha sa chaise de celle de Gabriel et se pencha contre lui, en soupirant de contentement lorsqu'il passa un bras massif autour d'elle. Sa tête tomba sur son épaule, ses paupières s'alourdirent...

Lorsqu'elle revint à elle, elle était à nouveau fermement maintenue dans les bras de Gabriel tandis qu'il la portait en haut de l'escalier, et droit jusqu'à leur chambre. Gabriel l'allongea et la déshabilla en silence, les mains douces dans chaque contact, le regard possessif.

Après l'avoir bordé sous l'épais édredon, il retira son uniforme et grimpa dans le lit avec elle.

« Viens ici, darling, dit-il en se tournant sur le côté pour la blottir contre son corps. J'ai besoin de t'avoir près de moi. J'ai seulement — jamais je... »

Cassie sentit le léger frisson qui parcourut le corps de Gabriel, le gouffre de peur, de colère et de choc trop profond pour les mots. Elle se retourna dans ses bras et l'embrassa, comprenant que son tour était venu de le réconforter.

« Je suis là, » dit-elle. Elle prit sa main et l'amena sur son ventre, écartant ses doigts sur sa peau nue, à la fois un rappel et une manière de le rassurer. « Nous sommes en sécurité.

— Nous, dit Gabriel en baissant les yeux sur son ventre avec une émotion qui ressemblait à de l'émerveillement. Je suis désolé. Avec tout ce bordel, je n'ai même pas dit... Bon sang, je ne sais même pas quoi dire. »

Cassie hésita, une petite étincelle de crainte jaillissant dans son cœur.

« Tu es heureux, pas vrai ? » demanda-t-elle.

Gabriel déposa le plus doux des baisers sur ses lèvres, lui coupant le souffle.

« Il n'y a pas de mot pour décrire ce que je ressens, dit-il. « Heureux ne suffit pas. Exalté ? Fier ? Surpris, ça, c'est certain. »

Il fit glisser sa main sur son corps, effleurant sa hanche.

« Effrayé, un peu ? dit Cassie en lui adressant un sourire en coin.

— Bon Dieu, oui, dit Gabriel avec un petit rire. On vit dans un de ces mondes. Et voilà qu'on y amène cette nouvelle vie, sans défense...

— Tu es là pour la protéger, » dit Cassie en cherchant ses lèvres pour un autre baiser.

Gabriel se raidit contre elle.

« La ? demanda-t-il en reculant pour regarder Cassie dans les yeux.

— Je... pense, oui, dit Cassie avec un sourire de plus en plus large. Je pense qu'on va avoir une petite fille. »

L'expression de joie et de terreur sur le visage de Gabriel fit franchement éclater Cassie de rire. Elle savait exactement ce qu'il ressentait, car son propre cœur était empli des mêmes choses.

« Elle n'est même pas née qu'elle te cause déjà du souci, hein ? » dit Cassie.

Gabriel rit, et ce son réchauffa Cassie jusqu'aux os. Elle se blottit contre lui, inhalant sa merveilleuse odeur masculine, et soupira.

« Je ne peux pas rester éveillée, prévint-elle Gabriel. J'ai envie de faire toutes sortes de cochonneries avec toi, mais je suis à peu près sûre que j'en raterais la plupart. »

Gabriel lui caressa les cheveux en étouffant un rire.

« Je pense pouvoir accorder à ma partenaire enceinte une nuit de répit, après avoir été enlevée et maltraitée, dit-il d'un ton qui devint amer vers la fin.

— Mais tu m'as sauvée, lui rappela Cassie en laissant ses yeux se fermer lentement. Et je suis à peu près certaine que je serai très intéressée par tes attentions dans quelques heures. Je me réveille toute... émoustillée, ces derniers temps. La faute aux hormones. »

Gabriel émit un rire semblable à un grondement et continua de prodiguer ses caresses sédatives. Cassie se laissa succomber à ce doux réconfort. Elle était presque endormie lorsqu'une idée très importante jaillit dans son esprit et elle se réveilla au prix d'un gros effort.

« Gabe ? demanda-t-elle.

— Oui, my darling ? » marmonna-t-il en effleurant de ses lèvres le sommet de son crâne. Il semblait que leur étreinte berçait tout autant son farouche Gardien qu'elle.

« Si c'est *vraiment* une fille, dit Cassie. Je me suis dit qu'on l'appellerait Caroline. Comme ta sœur. »

Gabriel ne dit rien et se contenta de l'attirer contre lui et de l'embrasser sur les lèvres. Cassie sentit l'amour et la reconnaissance qui vibraient dans tout son être, en un reflet exact de ses propres émotions. Elle sourit contre ses lèvres et se laissa dériver vers le sommeil, certaine qu'elle ne serait jamais plus heureuse ni plus en sécurité ailleurs que dans les bras de Gabriel Thorne.

BULLETIN FRANÇAISE

REJOIGNEZ MA LISTE DE CONTACTS
POUR ÊTRE DANS LES PREMIERS A
CONNAÎTRE LES NOUVELLES SORTIES,
OBTENIR DES TARIFS PREFERENTIELS
ET DES EXTRAITS

https://kaylagabriel.com/bulletin-francais/

DU MÊME AUTEUR

Les Guardiens Alpha

Ne vois aucun mal
N'entends aucun mal
Ne dis aucun mal

BOOKS IN ENGLISH BY KAYLA GABRIEL

Alpha Guardians
See No Evil
Hear No Evil
Speak No Evil
Bear Risen
Bear Razed
Bear Reign

À PROPOS DE L'AUTEUR

Kayla Gabriel vit dans la nature sauvage du Minnesota où elle jure apercevoir des métamorphes dans les bois qui bordent son jardin. Ce qu'elle aime le plus dans la vie, ce sont les mini marshmallows, le café et les gens qui se servent de leurs clignotants.

Contactez Kayla par
e-mail: kaylagabrielauthor@gmail.com et assurez-vous de vous procurer son livre GRATUIT : freeshifterromance.com
http://kaylagabriel.com

www.ingramcontent.com/pod-product-compliance
Lightning Source LLC
LaVergne TN
LVHW011837060526
838200LV00053B/4078